活著是為了說故事

——楊照談馬奎斯 百年孤寂

楊照

賈西亞・馬奎斯寫《百年孤寂》，
就是要寫出早已經命定了的拉丁美洲，悲劇性的拉丁美洲。

拉丁美洲小說的作者沒有權利選擇不一樣的結局。
假想、虛構拉丁美洲一個不同的結局，那樣的寫作是不負責任的。

賈西亞・馬奎斯，至少在寫這些小說時，是個宿命主義者，
不過絕不是單純地接受宿命，而是要去描述人在命定狀態下，
如何繼續努力、繼續奮鬥，如何繼續以人的尊嚴活著。

多重時間敘述的奇書

——賈西亞．馬奎斯筆下的絕景

二十多年前，我曾經寫過一篇以「二二八事件」為背景，部分取材自我的外祖父經歷的短篇小說〈黯魂〉。小說發表後，受到了許多重視，前前後後被收在超過十本以上的選集裡，成了我創作初期的「代表作」。

我自己心裡明白，〈黯魂〉得到的熱烈迴響，不全然是因為作品寫得特別好。比較重要的是這篇小說應和了當時台灣社會的脈動。那是一個重新挖掘歷史的時代，那是一個以文學探觸禁忌記憶的時代，還有，那是一個嘗試探求新鮮小說寫法的時代。

〈黯魂〉用了當時最主要的一種新的小說手法——魔幻寫實。敘述從小說主角顏金樹生平最後一次面對鏡子開始，鏡中將要預示他自己死去時的影像……。

會用這樣的手法寫，不消說，當然是受了賈西亞·馬奎斯《百年孤寂》的刺激影響。

我之前讀了楊耐冬先生的中譯本，後來又在台灣大學對面的「雙葉書廊」找了英文譯本，再從頭讀起。下筆寫〈黯魂〉時，我幾乎讀過兩次《百年孤寂》。說「幾乎」，是因為兩次閱讀，都沒有真正讀完。讀中譯本和讀英譯本有完全一樣的反應，讀到最後的三分之一，開始產生強烈「捨不得讀完」的感覺。我相信小說最後會有一個氣勢驚人的結局，一個真正能總納前面那麼豐富奇特敘述的結局，我相信讀到那樣的結局，一定會產生心神蕩漾的恍惚之感，帶我進入一種最高又最深的閱讀境界，正因為如此相信，所以拖延著，不想那麼快走到那終極之處。

寫完了〈黯魂〉，我知道自己應該、也可以走向那閱讀絕景了。我又將中譯本找出來，再從第一個字讀起，這次會一直讀到最後一個字。

閱讀過程中，我無可避免注意到了：我自己模仿的「魔幻寫實」和賈西亞·馬奎斯原汁原味的「魔幻寫實」，兩者之間的差距。沒有辦法，愈讀愈明白差距有多大，也就愈讀愈不明白，為什麼有些賈西亞·馬奎斯寫得出來的，我就是寫不出來。

我特別注意到了時間的問題。我自己寫的，是單一敘述時間中夾雜著記憶倒敘，看來和賈西亞．馬奎斯很像，但絕對不是同一回事。我仔細分析檢查了他的時間序列，冒出了一身冷汗，他挪移出入了多少不同時間！我開始懷疑他的敘述時間，恐怕超過了中文翻譯所能表達處理的，趕緊拿出英譯本來比對，唉，果然如此。

逐步分析、逐步對照，在文本中徘徊游移，終於還是來到了馬康多的命運終點。讀完最後一段最後一句，我激動不已，不只是我的期待與信任沒有落空，更重要的是，《百年孤寂》的結尾，和〈黯魂〉一樣，寫的都是預見死亡，得到關於自己死亡情境的答案。

怎麼會這樣？為什麼還沒讀到《百年孤寂》終篇的我，寫出來的小說，卻和《百年孤寂》有同樣的結尾？是純粹的偶然，還是意味著《百年孤寂》書中其實已經藏著結局的暗碼記號，潛意識中的我已經感覺故事只能以這種方式收場？那可能的暗碼記號，又是什麼？

在某個意義上，這本書的內容，就是當年創作疑惑的持續思考。從一個小說寫作者的身分出發，多次出入依違在讀者與研究者的身分間，互相印證，彼此詰問，藉著在「誠品講堂」講授「現代經典細讀」課程的機會，終於得以整理出來。因為是以多重身分的立場進行的思辨，談說的方式無可避免顯示了多層次的搖晃碰撞。整理過程中，我刻意保留了一些穿梭不同角度的趣味，讓解讀的流動，可以比較接近我真實的思考經驗。

我是這樣接觸、接近賈西亞．馬奎斯及《百年孤寂》的，或許也可以這樣來幫助一些讀者接觸、接近，進而享受賈西亞．馬奎斯和他的《百年孤寂》。

目次

第一章

作為一個文化單位的拉丁美洲

拉丁美洲是擁有遠超過地理意義的文化單位，
它具有超越個別國家的統一性，來自於殖民歷史與語言因素的統一性。
這使得拉丁美洲的知識分子可以彼此了解，進而互相幫助，建立認同。
不過在這個文化統一性的基礎上，卻同時有著嚴重分裂的政治局面。
先是反抗殖民者的戰爭，然後緊接著就開始內戰，
甚至一邊在和殖民者抗爭，另一邊被殖民者之間就已經分裂，
彼此敵對，展開內戰了。

拉丁美洲的身分認同

談賈西亞．馬奎斯，應該從一九四八年四月在哥倫比亞首都波哥大舉行的「第九屆泛美會議」講起。

什麼是「泛美（Pan-America）會議」？這是北美洲與南美洲國家共同召開的高峰會議。「泛美會議」的龍頭，是全美洲最強大的國家——美國，它藉由這個會議來確保拉丁美洲國家會配合美國的外交布局。

一九四八年，是第二次世界大戰結束後的第三年，這一場「泛美會議」的主角，理所當然是美國派來的代表——馬歇爾（George Marshall）將軍。[1] 馬歇爾這個名字幾乎就等於「戰後重建」，美國幫助歐洲從戰火破壞中重建的關鍵工作，就叫做「馬歇爾計畫」（Marshall Plan）。曾經擔任過將軍的馬歇爾，在戰後成了美國最重要的外交官。

馬歇爾帶領美國代表團來到波哥大，主導「泛美會議」，談戰後拉丁美洲的經濟再造。戰爭並沒有在美洲大陸上進行，尤其拉丁美洲大概是第二次世界大戰中最少被動員、被影響的區域，但儘管如此，拉丁美洲還是無法自外於大戰造成的全球政經勢力巨大挪移變化。

短短三十年間，歐洲，尤其是西歐，受到兩次世界大戰的無情蹂躪、摧殘，無力繼續維持傳統西方盟主的地位，美國以及蘇聯相應崛起，取歐洲而代之，占據了世界的主導地位。

拉丁美洲傳統上就有著多重身分認同的困擾。一方面有對於舊殖民主——西班牙、葡萄牙——的認同，另一方面當然也就有反對舊殖民主，主張高度本土中心的認同。不過這種本土認同，只要稍微升高一點，強調「美洲本位」的話，馬上就又碰觸到另一個敏感的議題，那就是如何看待它們北方的鄰居——那個強大且霸道的美國？

「美洲本位」，也就是「泛美」，沒有辦法排除美國。美國不會允許拉丁美洲國家搞自己的團結認同，將它排除在外。早在一八二三年美國採取的「門羅主義」立場就表明了：美洲可以、也應該尋求外於歐洲，甚至對抗歐洲的認同，美洲可以、也應該團結起來抵抗歐洲的影響、剝削，但這必須在以美國為中心的前提下進行。

對拉丁美洲國家來說，這不是真正的自主解放，而是一個新的老大哥，取代了舊的老大哥。很自然地，它們會依違在新、舊兩位老大哥之間，尋求最大的利益與安全保護。有時候它們拉攏美國對抗歐洲，但要是美國老大哥給的壓力太大了，它們也會回頭找舊歐洲勢力來抗衡美國。

卡斯楚與蓋坦

不過到了一九四八年，這種長期維持的狀況徹底改變了。到這個時候，別說舊殖民主西班牙、葡萄牙，就連傳統上更強大的英國、法國，都只能乞憐於美國的經濟援助，沒有任何力氣可以顧及拉丁美洲，更不可能為了拉丁美洲甘冒得罪美國的危險。因此，拉丁美洲國家如果不想完全臣服於美國霸權之下，就只剩下一個選擇——拉攏蘇聯。一九四八年的「泛美會議」，美國大陣仗有備而來，也就是要以經濟援助、合作計畫綁住拉丁美洲國家，確保美國的後院不會有讓蘇聯插手的空間。

在新的冷戰情勢下，美蘇對立逐漸形成了，美國極度看重「泛美會議」，當然拉丁美洲國家內部的反美勢力，也必定相應將「泛美會議」視為關鍵決戰點。反美勢力集結的主要方式，就是同一時間召開「拉丁美洲學生大會」。前來參加「拉丁美洲學生大會」的，包括了後來古巴的革命領袖，統治古巴幾十年的卡斯楚（Fidel Castro）。

卡斯楚在四月初抵達波哥大，陸續見了包括哥倫比亞自由黨黨魁蓋坦在內的當地重要左翼政治人物，並約好了四月九日下午兩點，要和蓋坦（Jorge Eliécer Gaitán）再度會談。然而就在四月九號下午一點零五分，蓋坦離開辦公室去吃午餐，竟然就在馬路上遇刺身亡了。卡斯楚依約到達自由黨辦公室時，蓋坦這位哥倫比亞反對黨領袖已經不在人世了！

此事非同小可。今天我們覺得卡斯楚是個重要的歷史人物，不過在一九四八年，蓋坦比卡斯楚的名號響亮得多。哥倫比亞預定在一九五〇年進行總統大選，一九四八年時，大部分關心哥倫比亞政情的人，都看好蓋坦會在兩年後的大選中勝出。一個將會是哥倫比亞下任總統的人，突然當街被殺，這事能不嚴重嗎？

「香蕉大屠殺」

看看地圖，我們可以知道，哥倫比亞在南美洲的西北邊，它的領土依照不同地形分成兩大塊——波哥大所在的山區以及加勒比海沿岸區域。哥倫比亞在殖民統治下的發展，是從加勒比海沿岸開始的，早先的西班牙人，還有後來的美國人，在沿岸蓋了鐵路，目的在於串連這個地區的大型香蕉園，而不是著眼於當地哥倫比亞人的交通與生計。

一九〇五年，以波士頓為總部的聯合水果公司進駐此區，從此巨大的香蕉園是哥倫比亞在殖民經濟下最重要的收入來源，但其收入的主要部分不是給了哥倫比亞人、哥倫比亞農民，而是進到了美國殖民者的口袋裡。加勒比海沿岸的這些香蕉園區，因而象徵了殖民統治帶來的嚴重傷害。當地香蕉的生產是由美國公司嚴格控制的。

控制機制的一環是利用火車將所有的大香蕉園串連起來。火車在哥倫比亞人心目中的意義和我們一般的理解想像是大不相同的。我們說起火車，想到的多半是人坐的車廂。然而在哥倫比亞，火車主要不是給人坐的。如果一天有四十班火車，這四十班車大概有三十八班是載東西的，而三十八班車裡可能有三十班都是載香蕉的。這樣我們才能夠理解在《百年孤寂》（*One Hundred Years of Solitude*）裡，賈西亞·馬奎斯為什麼會寫出永遠走不完的，一節又一節的貨車車廂從面前經過的鬼魅意象。

加勒比海沿岸大部分的居民都是香蕉公司的雇員，他們為香蕉公司工作，換

哥倫比亞位於南美洲的西北邊，
它的領土可分為波哥大所在的山區以及加勒比海沿岸兩大塊。

來的薪水不是鈔票，而是只能夠在幾個特定商店使用的代券。這些特定的商店裡可以找到一般日常生活裡所需要的物品，這些商店當然是與香蕉公司有關係的殖民者開的，甚至就是香蕉公司的「關係企業」。那是一套嚴密的殖民控制，將種香蕉的勞力換得的收入，以壟斷日用品販售的方式再剝削一次。

嚴密的控制、層層的剝削，加上殖民者的傲慢風格，製造的長期不滿終於在一九二八年年底激發了一場大罷工，罷工的規模不斷擴大，到後來幾乎整個加勒比海沿海區域的香蕉園都加入了。但大罷工最後卻是以政府動用軍隊收場的，換句話說，政府動用國家暴力來幫助美國的殖民公司鎮壓、屠殺哥倫比亞的農民。

被稱之為「香蕉大屠殺」的事件終結了大罷工，然而卻沒有人知道、沒有確切的數字顯示究竟有多少農民死於「大屠殺」中。事件的官方報告和民眾的常識認知南轅北轍，官方報告說，在事件中一共死了九個人。如果區區只牽涉九條人命，那根本就構成不了「大屠殺」。當地流傳的說法則是，大概有兩、三千人在罷工後就消失了。

賈西亞．馬奎斯登場

一九四八年四月九日遇刺的蓋坦，之所以能在政界崛起，就是因為他勇敢地首先突破禁忌，於一九二九年年底，深入加勒比海「香蕉大屠殺」區域，一個一個訪問當地居民，試圖拼湊出了「香蕉大屠殺」的真相。蓋坦很有耐心地進行了地毯式的訪談，光是那樣的用意與姿態，就感動了當地許多尚且驚魂未定的人。他們眼中看到這樣一個年輕人，不顧自己的前途，甚至不顧自己的生命安危，堅持不斷地問：到底「大屠殺」那天發生了什麼事？加勒比海沿岸地區的人們對蓋坦留下了深刻的印象，藉由他們的強力支持，蓋坦一步步在政壇上升，經過十幾二十年的時間，他當上了自由黨黨魁，並且很有機會在一九五〇年當選總統。

蓋坦的背景及其政治前途，有清楚的方向。他以調查國家暴力與美國殖民公司的勾結起家，他依賴在「香蕉大屠殺」中被屠殺、被傷害的加勒比海沿岸居民們的支持取得權力。在這種情況下，有人喜歡他，更有人痛恨他。因而四月九日下午一點零五分的刺殺事件發生後，波哥大全城立刻流言滿天飛，認定這應該是蓋坦的政敵主謀的。

蓋坦被殺的消息引發了波哥大城市暴動，許多人憤怒地走上街頭，為蓋坦舉哀，同時抗議長年和美國殖民公司眉來眼去的買辦勢力。抗議的人群相信，正是因為蓋坦若是當選總統，必然會阻擋、破壞這些勢力，所以這些人為了維護其既得利益，提早下手殺了蓋坦。

從下午到晚上，暴動中的波哥大城內好幾條街陷入火海，一片混亂。目睹暴動的卡斯楚也加入了，據說他主要的成就是搶到一台打字機，痛快地把它砸毀了。暴動前後持續了三天，不過從第二天下午開始，就有風聲傳出，說暴動乃是源自於古巴共產主義者的煽動，顯然哥倫比亞政府要拿卡斯楚他們當作這次事件的代罪羔羊。機伶的卡斯楚見苗頭不對，趕緊逃往古巴大使館，由古巴大使館偷偷地將他們一夥人送回古巴。如果卡斯楚的反應慢一點，大概就沒有後來由他所領導的古巴革命了。

四月九日下午三、四點鐘，距離蓋坦遇刺被殺地點大約五百公尺外，整個區域在暴動中起火了，有一個年輕人，一個波哥大大學法律系的學生，在街上惶惶然地奔跑，遇到了一位朋友，他對著朋友喃喃念著：「我完了我完了我完了。」朋友很意外，問他：「你什麼時候變成激情的蓋坦擁護者？」他回答：「不是的，是因為我的小說稿都被燒掉了。」

這個痛惜小說稿被燒掉的人，就是賈西亞・馬奎斯。那年他滿二十歲，剛在波哥大的文壇崛起，在《觀察家報》（*El Espectador*）上，連續發表三篇短篇小說，引起了注意。受到鼓勵，他狂熱地埋首撰寫新的小說，然而進行中的手稿，竟然都在「波哥大事件」中毀掉了。

「波哥大事件」對賈西亞・馬奎斯還有比失落小說手稿更深遠的影響。事件及其延續的混亂，使得這個來自加勒比海沿岸地區的年輕傢伙，沒辦法繼續待在波哥大，被迫回到海邊去。

超越個別國家的統一性

一九四八年四月九日的「波哥大事件」發生在哥倫比亞，然而大部分的歷史敘述提到這件事，都一定談卡斯楚，甚至從卡斯楚談起。卡斯楚不是哥倫比亞人，他是一個跑到波哥大來參加「拉丁美洲學生大會」的古巴人。

這件事情表明了：「拉丁美洲」不是一個地理名詞，而是擁有遠超過地理意義的文化單位。古巴人會跑到哥倫比亞去參與革命，因為對他們而言，「拉丁美洲」具有一種超越個別國家的統一性，源自於殖民歷史與語言因素的統一性。拉丁美洲除了巴西使用葡萄牙語外，其他地方都屬西班牙語區，而且葡萄牙語和西班牙語之間也有許多類似之處，很容易溝通。共通的語言使得拉丁美洲的知識分子可以彼此了解，進而互相幫助，建立認同。

不過站在這個文化統一性的基礎上，卻同時有著嚴重分裂的政治局面。例如，哥倫比亞是在一八一九年獨立的，它的歷史大概從一八一二年開始，就是一連串彷彿怎麼打也打不完的戰爭。先是反抗殖民者的戰爭，這場戰爭好不容易打完了，贏得獨立，然後緊接著就開始內戰。甚至反抗殖民者的戰爭還沒獲勝，一邊在和殖民者抗爭，另一邊被殖民者之間就已經分裂，彼此敵對展開內戰了。

延續超過一百年的內戰，中間有各式各樣勢力的變動、流竄，有合縱連橫，也有欺瞞背叛，大部分時間裡，誰跟誰是敵人，誰跟誰是同志，曖昧渾沌的，以至於傳統線性的歷史整理——哪一年什麼戰役誰輸誰贏、誰掌握了什麼地區、誰又失去了什麼權力——幾乎成為不可能的事。

曾經試圖整理過哥倫比亞歷史的人，會對於賈西亞．馬奎斯運用的「魔幻寫實」手法，產生不同的感受。沒有其他方法能夠去講述這些內戰到底是怎麼打的，現實、寫實的、歷史敘述式的條理在此瓦解了，不再是我們可以依賴的知識形式所能勝任的，任何的整理都必然偏離了真相中的荒謬混亂。

於是讓賈西亞·馬奎斯留名於世界文學史的小說傑作在這個時空背景下誕生了，那就是——《百年孤寂》。

1 馬歇爾將軍　一八八〇年十二月三十一日—一九五九年十月十六日。美國軍事家、外交家。二次大戰後奉命至中國調停國共軍事衝突失敗，後來提出「歐洲復興計畫」，成功地振興戰後西歐經濟，獲得一九五三年諾貝爾和平獎。

第二章 魔幻寫實的文學舞台

《百年孤寂》要寫的，是回歸到理性橫掃全球之前的一個狀態，
一個還沒有完全被理性整理解釋的狀態，
這是這部小說的起點，也是「魔幻寫實」的起點。
「魔幻寫實」必須建立在一個感受或信念的基礎上，
就是人要願意或被誘惑回到那個狀態中，
接受《百年孤寂》的這個開端——
「那是一個嶄新的天地，許多事情、
許多事物還沒有命名，你必須用手指去指。」
這是最關鍵的。

相信你只要讀了《百年孤寂》的前面幾章，就可以感覺到它和過去讀過的小說很不一樣。這本不一樣的小說還有其複雜的來歷。其中一個來歷是賈西亞・馬奎斯成長過程中所處的那個神話與現實、生存與死亡幾乎沒有界線的特殊環境。那不是一個賈西亞・馬奎斯個人碰巧遇上的環境，其背後有著廣大的拉丁美洲歷史脈絡。

內戰與獨裁者的國度

《百年孤寂》書中的主角邦迪亞上校，原型來自於哥倫比亞歷史上一位真實的人物——烏蘇里・烏蘇里將軍。《百年孤寂》小說開場的時間點上，真實的烏蘇里・烏蘇里將軍回到自己的家鄉，他已經經歷了四十場內戰。不是四十場戰役，而是一次又一次，各種不同勢力換來換去，一下這個打那個、一下換成那個打這個，停了又打、打了又停，經歷了四十次。你可以想見這樣一個國家，其人民對於整個國家、對於戰爭會產生如何虛無、空洞及厭惡的感覺。而且不只哥倫比亞如此，整個拉丁美洲都是如此。各式各樣的利益、各式各樣的合縱連橫，隨時都可能爆發新的戰爭。

包括哥倫比亞在內，大部分的拉丁美洲社會，保留了強烈的家族傳統，你是誰的兒子、又是誰的爸爸，是極其重要的事。中文世界裡我們一般用「馬奎斯」當作這位偉大小說家的名字，但是在事實上，在他自己的語言、文化中，他的姓不是「馬奎斯」，而是「賈西亞．馬奎斯」。這個姓帶著清楚的系譜意義，表明了他是誰的兒子。每個人的名字都彰顯著表達了他的家族系譜。

具備強大家族傳統的社會，打起內戰來，無可避免地就會形成家族與家族之間的對抗。然而家族網絡盤根錯節，追究下去，沒有哪兩個家族是真正沒有連結的，到後來一定出現親戚打親戚的情況。表兄弟和叔叔伯伯打仗，導致戰爭中更增添了親族的恩怨與混亂，構成了拉丁美洲近代史的一項特殊共同記憶。

拉丁美洲有著共同語言，阿根廷的布宜諾斯艾利斯是整個拉丁美洲的文化出版中心。不同國籍的作家，智利的聶魯達（Pablo Neruda）[1]、哥倫比亞的賈西亞．馬奎斯、秘魯的尤薩（Mario Vargas Llosa）[2]……，他們的書都會在布宜諾斯艾利斯出版。這一部分的拉丁美洲有著跨越國界的整全性，可是分開來看，這些人的祖國，卻又沒有一個內部是團結的，都被各種勢力各種利益切割得零零碎碎，表現出國界內的分裂面貌。

這些作家的祖國都出現過獨裁者。獨裁者是怎麼產生的？為什麼拉丁美洲有那麼多獨裁者？為什麼拉丁美洲的獨裁者，前面一個被推翻了，很快後面就會再出現第二個？其中最重要的歷史原因——我們不容易感受，卻應該努力試圖去理解的——就是人民對於內戰的厭煩。

讓我們簡單想像一下：兩股勢力打仗，長期以來一直在打仗，打了十五年，正因為打了那麼久，就很難停下來不打了。誰也消滅不了誰，而且彼此都很了解對方，雙方僵持著，你稍微動一下，我就反射動作地打你一巴掌，然後你就也反射動作地回我一巴掌，就這樣成了習慣，成了固定模式，無法終止。這怎麼辦？這兩股勢力本身也都受不了了，想要彼此妥協，就必須找一個雙方都能信任接受的仲裁者，作為中介保證。這個人能保證雙方信守劃定的界線，你不會偷襲我，我也不會拉你們的人倒戈。

獨裁者就是從仲裁的角色衍生出來的。許多拉丁美洲的獨裁者，源自於將仲裁的權力不斷擴張。仲裁者發現：說服兩邊疲於戰爭的人民，保有和平最好的方式，是讓國家只有一股絕對獨大的勢力，那樣就不需要、也就不會打仗了。獨裁者的絕對權力，來自於與人民間的「魔鬼交易」，人民交出自由，換取秩序與和平。獨裁者有可以獨裁的道理，獨裁者有在那個社會歷史背景下存在的道理，無止境的混亂內戰使得這麼多人渴望和平、渴望休息，他們願意為了和平，奉獻自由、放棄自由。

用戰爭和死亡標記的時間

賈西亞・馬奎斯出身於加勒比海沿岸地區。而且在「香蕉大屠殺」事件之後，當蓋坦去進行調查的時候，他遇到的一位重要調查對象，就是賈西亞・馬奎斯的外祖父。賈西亞・馬奎斯和外祖父的關係，遠比我們一般想像的更親密。

在自傳《倖存者說》（*Living to Tell the Tale*）中，賈西亞・馬奎斯開頭就講了，他第一次見到媽媽是在三歲時，到了三歲才認識自己的媽媽。那他又在什麼時候認識爸爸呢？那是七歲又九個月，他生命中第一次見到爸爸。

賈西亞・馬奎斯小時候父母不在身邊，他是由外公外婆帶大的。他的外祖父是經歷長期內戰後退下來的老兵，大部分時間屬於政府軍，為政府打了很多年的仗。他的外祖父見識經歷過太多戰爭，以至於養成了一種習慣，總是用戰爭與死亡來看待、標記自己的生命。講到自己，他會說：十二歲，發生了一場什麼樣的戰爭；十九歲時，又有一場什麼樣的戰爭；二十歲零三個月，第一次看到誰在他身邊死掉；二十五歲零兩個月時，如何在一場戰役中周圍的人都戰死了，只留他一個人不可思議地倖存下來。對於像賈西亞．馬奎斯的外祖父這種人來說，標記時間、標記生命最重要的尺度，就是戰爭、就是死亡。

那麼生命中沒有了戰爭，會變成怎樣？就變成了時間的停滯，變成了無窮無盡的等待。當年他們在為政府打仗時，得到來自政府的許諾，退役之後，會提供他們豐厚的退休金，那就是他們等待的對象。外祖父的老房子，加上莊園，脫手出售，賣了七千哥幣，後來他們拿著這筆錢搬到附近的大城，蓋了一棟房子。賈西亞．馬奎斯被哥倫比亞第二大報《觀察家報》派去巴黎時，他一個月的薪水是五百哥幣。而政府承諾要給他外祖父退休金，是一萬九千塊哥幣。這樣我們就可以具體地理解這是一大筆錢，政府以這一大筆錢作為承諾，攏絡他們賣命，但也正因為承諾的數額龐大，所以政府根本付不出來，甚至根本沒打算要付。

小說《沒人寫信給上校》（*No One Writes to the Colonel*）[3]是賈西亞．馬奎斯的名作之一。小說裡的退役上校每個星期都去問：有沒有信來？他在等的，就是通知他去領退休金的信。我們可以這樣說：賈西亞．馬奎斯的外祖父，他的生命區分成明確的兩種時間，前一種是以各式各樣的戰爭與死亡標記的，後一種則是近乎停滯，被關鎖在對退休金的漫長等待中。

與幽靈共存的世界

有意思的是，賈西亞．馬奎斯的外祖母，有著和外祖父完全不一樣的時間感。小時候，賈西亞．馬奎斯住在加勒比海沿岸的大房子裡，和所有的小男孩一樣，他很好動愛亂跑，外祖母管他，叫他乖乖待在一個地方，他怎麼可能聽話？於是外祖母就會說：「你現在坐在這裡不要動，千萬不可以去那邊，你如果去那邊的話，會吵到你姨婆。」要不然就說：「你不能去那邊，去那邊會吵到你的大表哥。」這些人是誰？他們都是已經死了的人。外祖母不讓他亂跑，理由是：活人不可以擾動死人。對外祖母來說，屋子裡不只有活人，還有更多幽靈。

如果小賈西亞．馬奎斯跌了一跤，外祖母就會說：「你看，不乖又被姨婆推了一把了吧？剛剛有沒有看到姨婆啊？啊！我好像看到了。」走在街上，外祖母會指著空蕩蕩的街道對他說：「這條街你不能夠亂跑，因為街上太擁擠了，你不曉得什麼時候會碰到哪個死掉的人，跟人家走到什麼奇怪的地方去。」正因為這樣，原本頑皮的賈西亞．馬奎斯變乖了，哪裡都不敢亂走。

我們無從追究，這到底是外祖母養育小孩的一種策略，還是她真的相信、真的知覺到那些幽靈？大概兩種成分都有吧！不論原因是什麼，這樣的環境在一個小孩——尤其是一個想像力豐富的小孩——心中留下深刻、無法磨滅的印象。他活在一個充滿幽靈的空間裡，而且那些幽靈，不是恐怖片裡的惡鬼，他們是有身分的，都是和他有關係的人，都是死去了的親人。那是在這個空間中曾經活過的人的延續，不是莫名其妙外來的鬼。這是阿公的阿公，那是舅婆或叔公，都是和他有具體明確關係的。

這樣的環境，背後必定有連帶的信念——人不會真正死掉，或者說，人不會真正消失。人死了，不過是換成另外一種存在，而且隨時可能會被喚醒，會被吵到。賈西亞．馬奎斯小時候，就因而產生困惑。被某個姨婆推了一把跌倒了，他忍不住想：這個已經死了的姨婆，她變成了幽靈，那這個幽靈還會不會再死掉？如果幽靈死了，死掉的幽靈又會變成什麼？死掉的幽靈會變成二度幽靈嗎？那麼二度幽靈還會不會再死掉？

《百年孤寂》這部小說，就是建立在兩種異質交錯的時間意識上。一種是外祖父的時間，以死亡與永遠等待不到的東西標記出來的線性時間，另一種則是外祖母的時間，一種奇特幽靈存在的輪迴。死掉的人變成幽靈，幽靈再死掉，變成另外一度的幽靈，再死掉的幽靈變成……。當你不相信人真的會死掉，你也就不可能相信幽靈會消失。人死了都還在，那幽靈為什麼要消失，憑什麼幽靈會消失？所以它就變成一種永恆存在，但是永恆中穿插著死亡，於是就只能是循環的存在形式。賈西亞．馬奎斯在小說裡不斷試探著這兩種時間彼此的關係。

哥倫比亞的歷史，以外祖父的記憶定位下來，那是一場接一場的戰爭，一場戰爭帶領到下一場戰爭，而一旦不打仗了，取而代之的則是無窮無盡的等待。等待使得時間不循環，要等的東西沒有來，就只能一直等下去。等待必須依恃會向前流動的時間，但是等不到要等的對象，真實存在的感覺卻又是停滯、不動的。人在停滯中只有逐漸地變老、衰頹。

一再重來的孤寂感

這本經典小說的書名叫做《百年孤寂》，一百年的長時間規模，當然牽涉到歷史，小說也真的碰觸處理了哥倫比亞一世紀間發生的事，不過這絕對不是一部單純的歷史小說，除了「百年」之外，小說還要寫、更要寫「孤寂」。賈西亞・馬奎斯在這部小說中表達「孤寂」主題時最常用的手法，就是鋪陳一種循環的時間感。事情一再地重現，換一個面貌再來一次、又來一次，不斷循環、不斷繞回原點。

每一件事情的敘述，幾乎都是以邦迪亞上校[4]回想面對行刑隊的情景為開端的。小說中他一而再、再而三地面對行刑隊，面對死亡的臨界，到後來好像連那個臨界劃分，都在反覆中變得模糊了，他活著，但同時他也死過很多很多次。

原本現實存在上絕對不可能重複的事——一個人只能死一次，死過一次就是完全、絕對地死了——在賈西亞・馬奎斯的小說中，都會一再地重現。而且不只是邦迪亞上校，《百年孤寂》裡面有好多死掉超過一次的角色。

如果加上《百年孤寂》以外，賈西亞・馬奎斯寫過的其他小說，反覆的死亡現象就更多了。例如說他最早的短篇小說就寫過沒有辦法死透的人，肉體已經死了，精神卻不肯死，所以這個人很清楚地感覺到自己被活埋，活埋也不會讓他死掉，因為他原本就死了。接著他又很清楚地感覺到自己的身體在腐敗，被身體腐敗的氣味弄得受不了，想要逃走，但卻逃不走，已經下葬的人還能逃到哪裡去？

《百年孤寂》表達「孤寂」的手法，就是鋪陳一種循環的時間感，事情一再地重現，不斷循環，不斷繞回原點。

賈西亞．馬奎斯在《枯枝敗葉》（*Leaf Storm*）這部小說寫到了死了但是不能下葬的人，沒辦法將這個死人下葬，給周遭的活人帶來了各式各樣的困擾。讀過這部小說的一位朋友，就勸賈西亞．馬奎斯去讀古希臘的悲劇作家索福克里斯（Sophocles）的名作《安蒂岡妮》（*Antigone*），[5]這部劇本的主軸就是安蒂岡妮決定違背禁令去為親生兄弟收屍安葬。那是賈西亞．馬奎斯接觸希臘悲劇的重要契機。

尚未除魅的世界圖像

我們一般認為死亡就是生命的結束，也就是生命故事的結束，然而對於受外祖母強烈影響的賈西亞．馬奎斯來說，死亡往往是另一個生命故事的開始。這樣一個由外祖母帶大的小孩，他生命裡面還有另一種特殊的東西——那就是外祖母眾多迷信組構而成的世界觀。

外祖母相信著：在這個空間裡有各式各樣的陰魂，小孩子躺著的時候，如果門前有出殯的隊伍經過，要趕快叫小孩坐起來，以免小孩就跟著門口的死人一起出去了。還有，要特別注意，不能讓黑色的蝴蝶飛進家裡，那樣的話家裡會要死人。如果飛來了金龜子，表示會有客人。不要把鹽撒在地上，這樣會帶來壞運。如果聽到怪聲，一種從來沒有聽過的聲響，那麼就是巫婆進到家裡了。如果聞到像溫泉般的硫磺味道，就是附近有妖怪。

這些是賈西亞．馬奎斯小時候生活教育的重要內容。他所接受的是加勒比海沿岸地區，而不是波哥大都會的教育。而且是住在那個地區，一個沒有經過西化理性衝擊的老太太，所給予的教育。她教的，是典型、傳統的拉丁美洲世界觀。這套世界觀中，眾多事物尚未經過理性處理分類，尤其是還沒有分別出什麼是合理的，什麼是不合理的。那裡殘留著世界還沒有被分化開來的一種概念、一種氣氛，活人與死人沒有絕對的界線，活人隨時會變死人，死人會變成幽靈，幽靈一直處在活人之中。這中間沒有絕對的界線，那是一個連續而非斷裂區隔的世界，那樣的世界沒有必然不會存在的東西。

理性帶來最大的影響是：訓練我們相信什麼事情一定不會發生。在十七世紀啟蒙運動之後，西方的理性為什麼逐步席捲了全世界？可能有人會回答：因為理性是對的，例如：由理性產生的科學，比其他傳統社會原本所相信的巫術、宗教以及神啟，都要來得靈驗。

理性的排除法則

我們當然可以接受這樣的解釋。不過人類學家Stanley Jeyaraja Tambiah，在他的名著《魔術、科學、宗教與理性的範圍》（*Magic, Science, Religion and the Scope of Rationality*）中，提過另一種不同的解釋。簡單說，理性最大的誘惑，在於它能夠提供其他知識形式、其他宗教信仰都無法提供的、最穩固的安全感——理性將許多事情清楚地排除出去，清楚主張那些事是不合理的，一定不會發生，所以人們連想都不必去想。

理性是什麼？理性有著強烈的、近乎絕對的排除法則。有一天你按照理性了解了為什麼二加二等於四，那麼從那一天起你就不必擔心在什麼狀況下，二加二會突然變成了五。那就是不可能的。有一天你按照理性規則懂得了地心引力，從那一天起你就不必擔心身邊周遭的東西，會突然飛到空中消失了，沒有東西會往上飛，所有的東西都只能往下掉。

理性及其衍生的科學知識，幫我們排除了很多再也不需要去考慮的事。理性愈發達，我們的世界也就愈來愈小，面對這個世界需要做的準備也就愈來愈簡單。我們活得愈來愈方便，愈來愈安全。不過當然相對地，這世界也就變得愈來愈無聊。很多事情在還沒有發生之前，我們就已經排除了它們發生的可能性。這也就是韋伯（Max Weber）[6]所說的現代社會「除魅化」的意義，再也沒有什麼現象、什麼觀念可以魅惑我們了。

拉丁美洲的小說如此好看，恐怕有很大一部分必須要感謝賈西亞・馬奎斯的外祖母，她提供給童年的賈西亞・馬奎斯如此廣大、未曾經歷現代「除魅化」、豐富且混亂的世界圖像。

解釋因果的平等規則

賈西亞・馬奎斯從外祖母那裡承襲下來的那個世界，裡面有很多規則，但是這些規則都不是鐵律，不是絕對顛撲不破的。非理性或者該說前理性的世界中，最有趣的現象正是——所有的預言都是對的。怎麼可能所有的預言都是對的呢？因為當現實沒有依照預言發生時，人們總能夠找到或發明另外一套規則來解釋為什麼該發生的沒有發生。

例如說走在路上，我看到一片葉子用奇特的方式旋轉落下，啊，這意味著明天有錢會進來，剛好有一個傢伙欠我錢，於是我有充分理由預知明天他會還錢。

到了第二天，他沒有還。所以預言失靈、預兆錯誤了吧？不見得，因為我會想起來，還有一條規則，是關於日出時間的，如果那天的日出時間早於五點半，那麼財運會變差。查查當天的日出時間，唉，果然早於五點半。

那個世界有著各式各樣的規則，管轄應該要發生的事。這些規則是平行並列的，東一條西一條，沒有整合，也無法整合。因而全部規則加在一起，仍然無法告訴你什麼事一定發生，什麼事絕對不會。童年的賈西亞・馬奎斯就活在這樣的一個世界裡，所有被拿來解釋因果的規則，彼此都是平等的。

理性發達之後，科學就取得了高度的權威先行性，科學占據了比其他信念更高的地位，為我們解釋各種現象。科學以外的解釋，就只能運用於科學無法充分解釋的範圍。然而在一個科學權威尚未形成的世界，有著五花八門的道理，競爭提供對事物現象的解釋。每個解釋聽起來都滿有道理的，都和現實經驗有一定程度的對應，但也都有點怪怪的，無法和現實經驗完全密合。因而在那個世界裡，一旦有了新鮮的現象冒出來，就會刺激高度的騷動（excitement）。那樣的新鮮事物是真正的新鮮，那樣的興奮是真正的興奮，不只是這項事物我們沒看過，而且它背後的道理我們也沒想過。更重要的是，任何新鮮事物加進這個世界裡，這個世界都要因此改變其解釋架構。

賈西亞．馬奎斯的回憶和小說中，都出現過這樣的情景——一場巨大的蝗災過去了，村民們為了讓自己從巨大的災難甦醒回來，就辦了一場狂歡節（carnival）。附近村鎮的人都來參加這場狂歡節，狂歡節中最引人注意的是吉普賽人。不曉得從哪裡得知消息的吉普賽人帶著各式各樣的東西出現了。

吉普賽人賣一種「馬古阿鳥粉」，那是專門對付不順從的女人的，如果家裡的女人不聽話，很凶很壞，就把這個「馬古阿鳥粉」買回家去。吉普賽人賣一種看上去像果子般的東西，賣的人說那是「野鹿眼」，抓到野生的鹿，把牠的眼睛摘下來可以用來止血。吉普賽人賣的四瓣乾切檸檬，可以用來逃避妖術。吉普賽人還賣「聖波洛尼亞大牙」，那是一種看起來像牙齒的東西，其特殊的、明確的用途是幫助人擲骰子時擲出較好的點數。

吉普賽人賣風乾的狐狸骸骨，記得種田時要帶著，可以幫助農作成長。如果你是要去跟人家打架，或是去參加摔角，吉普賽人會賣你另外一種東西讓你帶著——貼在十字架上的死嬰。晚上走路時，如果要避免遇到不認識的幽靈，避免不認識的幽靈來糾纏，那就應該跟吉普賽人買蝙蝠血。

吉普賽人帶來各式各樣希奇古怪的東西，總體來說，這些吉普賽人在狂歡節上真正賣的是藏在這些物件背後，看不到碰不到的，對世界的解釋。解釋世界當中的特殊因果，什麼樣的東西會引發、帶來什麼，什麼樣的因會產生什麼樣的果，真正吸引人們的，是那些不尋常的因果環節。

展示奇蹟的本事

我們今天聽到這樣的事，很容易以「迷信」一筆帶過，或者對這些江湖郎中、江湖術士嗤之以鼻。然而江湖郎中、江湖術士在那樣的社會裡絕對必要，他們不斷在提供、發明關於世界的種種解釋。當然有些人在解釋世界這件事上，擁有比郎中、術士高一點的權威，例如神父，神父說這個世界是由上帝創造的、上帝管轄的。然而在賈西亞．馬奎斯成長的大環境裡，在拉丁美洲的天主教傳統中，甚至連神父、傳教士用來說服人們相信其解釋時所用的手法，都沾染了濃厚的江湖郎中、江湖術士的色彩。他們能夠用來說服一般人相信上帝的手段，不是讀聖經，不是做彌撒，更不可能是經義問答。要讓所有人相信上帝，最重要的方式就是展示奇蹟。拉丁美洲的天主教會極度強調奇蹟的重要性，教會中的神父因而也就具備了許多創造奇蹟的本事。

拉丁美洲的狂歡節中，走在最前面的通常是十字架。跟在十字架後面，是可以當場表演奇蹟的神父。他們可以在眾人面前讓自己騰空飛起。「來，告訴我有誰敢不相信上帝嗎？不相信上帝的，請看這裡，眼睛不要轉啊，小朋友，你敢不相信上帝？那就看著啊，我飛給你看！」這簡直就和路邊的魔術師沒有兩樣了。賈西亞．馬奎斯小時候就曾被這樣表演奇蹟的神父嚇到過。

外祖母認為小賈西亞．馬奎斯不夠篤信上帝，就把他帶去找一個神父，那個神父對小男孩說：「眼睛瞪著我，看著我，不要動，看著我的腳。」然後他的腳突然離地，人就飛起來了。目睹這一幕後，賈西亞．馬奎斯從此害怕上帝，怕得不得了。每一個神父都有自己的把戲，有各種不同的花樣。例如要人先盯著十字架，然後閉上眼睛，再馬上張開眼睛，就看到原本乾乾淨淨的十字架上，突然有一道血流淌下來。

本質上，神父和吉普賽人其實是同一種人。他們都用「壯觀的表演」（spectacular performance）來說服大家接受他們對這個世界的解釋，承認他們解釋世界的權力。這樣的現象，過去曾經普遍地存在於人類社會，然而奇異的是，到了二十世紀，當理性已經如此巨大，已經戰勝、征服了那麼多地方，竟然還有如此素樸的現象存留著，管轄著拉丁美洲眾多人口的生活。

魔幻寫實的起點

了解這個背景，我們就能充分理解，為什麼《百年孤寂》會如此開頭：

「許多年後，當邦迪亞上校……」，接下來，最重要的這段話說：「那時馬康多是個二十多戶人家的小村子……房屋沿河岸建起……澄清河水在光潔的石塊上流瀉，河床上那些白而大的石塊像史前時代怪獸的巨蛋，這是個嶄新的天地，許多東西都還沒有命名，想要述說還得用手指去指，每年三月總有一戶衣著破舊的吉普賽人到來。」由吉普賽人帶進來的兩大塊磁鐵，好玩得不得了，邦迪亞上校看到那大磁鐵，冒出了念頭，要用大磁鐵把地裡的黃金吸上來，沒有能吸出黃金來，他又拿磁鐵去換了別的東西。

《百年孤寂》要寫的，是回歸到理性橫掃全球之前的一種狀態，一種還沒有完全被理性整理解釋的狀態。賈西亞．馬奎斯要去逼視並描述那樣的狀態。這是一項英勇的嘗試，因為難度極高。比較容易的方式當然是接受已有的解釋，接受別人給我們，也已經有很多人相信的解釋。賈西亞．馬奎斯不走這樣容易的路，他要用文字帶領讀者回到那個沒有明確答案，依然充滿不安全感，感覺上幾乎所有事情都還有可能發生的那樣的時代、那樣的氣氛，他要告訴讀者在那樣的時代、那樣的氣氛中，發生了什麼。

這是《百年孤寂》的起點，也是「魔幻寫實」（Magic Realism）[7]的起點，更是使得「魔幻寫實」與《百年孤寂》能夠橫掃國際文壇的起點。什麼是「魔幻寫實」？最簡單的說法是「看起來真實的魔幻景象」，沒錯，不過這樣說只是把四個字拆開來講而已。應該要強調的重點是：「魔幻寫實」必須建立在一個感受或信念的基礎上，也是人要願意或被誘惑回到那種狀態中，接受《百年孤寂》的這個開端——「那是一個嶄新的天地，許多事情、許多事物還沒有命名，你必須用手指去指。」這是最關鍵的。

「魔幻寫實」由拉丁美洲開始，藉著像卡洛斯．富恩特斯（Carlos Fuentes Macías）[8]和賈西亞．馬奎斯等小說家的優秀作品，流傳到拉美以外的地區，引來了眾多的模仿者與模仿作品。當全世界都在寫「魔幻寫實」小說時，我們就可以更清楚地看出，拉丁美洲的「原汁原味」畢竟不一樣。其他地方的模仿者，始終沒有辦法讓自己進入那個魔幻世界裡，真正感覺到「走經屋內轉角，很有可能就會碰到死去了的姨婆」。其他地方的作者沒辦法讓自己「返祖」到接受那些非理性、違背理性的事，真的會發生，而且真的發生了，不只是存在於人的自主或不自主幻想幻覺裡。其他地區的作者寫不出拉丁美洲那樣一個什麼事都還可能發生，缺乏理性保護，極度不安全的世界。

賈西亞．馬奎斯的成長背景當然很重要。那個背景環境有許多和我們很不一樣的條件，把他拉進那不安全的存在中，又幫助他度過不安，沒有發瘋。例如理性化的社會中，文學不太會和妓院扯上關係，但是在賈西亞．馬奎斯的小說寫作過程，妓院，作為一個社會機構、也作為一個生命主題，卻不斷反覆出現。

賈西亞．馬奎斯年輕時，真的曾經長期住在妓院裡。在《沒人寫信給上校》裡，他寫過一個令人難忘的老鴇，她引誘了一群年輕人到她的妓院去，她看待這些年輕人，一方面是顧客，一方面又是孩子。讓這些年輕人在妓院裡胡搞了一陣子，她會關心地對他們說：「功課做了沒？飯吃了沒？這兩顆維他命給我吞下去！」這是很奇怪的關係，難以理解，但卻又那麼具有說服力。

多重倒敘的時間魔術

賈西亞・馬奎斯刻意混淆了《百年孤寂》的敘事結構，他依循的是小說內部特殊的魔術時間，跳躍、循環，循環中有跳躍、跳一跳又繞回原點，這樣的時間和線性的物理時間純然是兩回事。賈西亞・馬奎斯在這個魔術時間中來回進出，他自己清清楚楚，但讀者讀著一不小心就會迷路了。

賈西亞・馬奎斯的寫作過程中，原本手上有一份小說情節的組織表，也就是這個家族百年中發生過的事情的總表。這本書的書名是要叫做《家》的——讓人想起巴金[9]的《激流三部曲：家、春、秋》，在原先的構想裡要寫他的家，寫他的家族。後來書名從《家》變成《百年孤寂》，這中間經過了十幾、二十年時間。寫完之後，最了不起的成就是：我們從小說中完全找不到這個組織表了，我們無法一眼看穿這一百年究竟總共發生了哪些事，又是以什麼樣的順序、什麼樣的因果連結發生的。

賈西亞・馬奎斯不讓我們一眼看穿小說的組織。他要我們自己去整理、自己去體會，那是小說內在的功能，文本本身就召喚讀者要用更仔細、來回尋索的方式來閱讀。它要求我們用自己的時間概念去整理，或者該說，用我們的時間去和小說中的時間拮抗辯證。我們都知道《百年孤寂》的敘述時間是跳躍的，但到底是怎麼跳的？光是第一句話，就值得探究；光是第一句話，就引起了許多討論爭議。就如同普魯斯特的《追憶逝水年華》最有名的第一句話一樣。

《追憶逝水年華》一開頭，普魯斯特刻意用了不符合法文文法，帶有衝突時態的動詞，產生了晃蕩於過去與未來之間的游移。《百年孤寂》的第一句話，也同樣帶著衝突的時態。「許多年後，當邦迪亞上校面對行刑槍隊時，他便會想起他父親帶他去找冰塊的那個遙遠的下午。」看起來像是一個簡單的倒敘句。依照時態較模糊的中文來讀，這本書敘述的時間起點，應該是邦迪亞上校面對行刑隊的那個時間，在面對行刑隊這一刻，他回想起爸爸帶他去找冰塊的那個下午。這裡有兩個時間，一是比較早一點的去找冰塊的下午，另一是晚一點面對行刑隊而產生回憶的那個時間。

但若讀西班牙原文，或讀忠實翻譯的英文譯文，那就不一樣了。「許多年後，當邦迪亞上校面對行刑槍隊時……」，這句話用的是過去式。[10]換句話說，故事敘述的開端，不是面對行刑隊那一刻，而是那一刻都已經成為過去了，才回頭記錄他面對行刑隊時，想起爸爸帶他去找冰塊的下午，這裡不是兩層，而是三層時間的疊合。

第一句話就確立了小說多重倒敘的原則，去了又回，回了又去，在這點時間回想另一點時間上對於更早另一點時間的記憶，那百年的時間長流被反覆穿越飛渡，又頻頻在特定的點上停留鑽鑿。如果有時間有精力的話，你可以試著仔細將所有的穿越飛渡，像畫一張地圖般全部畫出來，那會是陪伴你走出《百年孤寂》敘述迷宮的指引圖。有那樣一張圖，會更驚訝於賈西亞．馬奎斯的成就，他不是亂寫的，不是隨便在時間上高興怎麼跳就怎麼跳的。

一種方法是將魔術時間轉化回物理時間的順序，如果你做得到的話，那可以有一張表。另一種方法是透過角色來整理。不是書前面通常會有的「人物表」，而是整理各個角色在不同章節如何出現；什麼時候在什麼狀況下，前面的角色又在後面出現，這樣也可以有一張表。還可以用事件發生的不同地點，再多整理出一張表來。如此做完，加上一個前言，差不多就完成了一部文學研究所的碩士論文了，而且還是很扎實又很精采的一部論文呢！

不過做這種功課，可以寫論文、拿學位，卻不一定是閱讀《百年孤寂》最好的方式，不一定是享受賈斯亞．馬奎斯的豐厚心靈質地的最佳途徑。

這是一首敘事曲

在我們一般讀者眼中，《百年孤寂》是一本西方式的小說，然而賈西亞・馬奎斯他卻只承認一個西方小說的淵源——美國小說家福克納（William Cuthbert Faulkner）。福克納之所以吸引他，正因為福克納寫的是不太像西方小說形式的小說。賈西亞・馬奎斯曾經帶點詩意地主張：《百年孤寂》它其實是一首歌，是一首敘事曲，是一首具備特殊拉丁美洲形式的敘事曲。拉丁美洲敘事曲的特別形式決定了他要怎麼樣述說，由什麼講到什麼，什麼東西會讓人家覺得有趣，什麼東西會混淆別人的時間感受。他說，他寫的是一首很長很長的歌，所以並不遵循西方式小說的架構與段落邏輯，因此，這本小說的原始面貌看來極為素樸，沒有章名，甚至沒有分章號碼，也不會有目錄。

《百年孤寂》很像中國農村裡帶著一把胡琴游走的瞎子講出來的故事。你們有沒有讀過琦君散文裡的回憶？瞎子到家裡面來說故事，一天說不完，第二個晚上繼續說，第三個晚上繼續說、第四個晚上繼續說……這和讀小說有什麼根本差別？講過的就講過了，不能倒回去，不能把講過了的拿回來和後來講的、正在講的內容比對。唯一能把握的，就是聽講過程中留下的鬆散印象。

讓人家這樣聽的故事，也就會有不一樣的講法。說故事的人會假設，前面講的故事中，聽者留下了什麼印象，記得了什麼，又記錯了什麼。講故事的人在這樣的假設印象上繼續講下去。上次這個人不是死了嗎？你有印象這個人死了，他就是死了。說故事的人今天又講到他，他又做了一件事，如果是讀小說，我們會翻回第三章，確定他前面真的死了，所以就認定那麼現在他是鬼了。但說長篇故事不一樣，說故事的人要你處於不確定的懷疑裡。好像他死了，不是嗎？那他怎麼又回來了呢？是我記錯了，還是他變成了鬼，還是其他什麼呢？故事一直在這種不確定的懷疑中聽下去，於是產生了前面提過的那種世界有許多可能的危險感。沒辦法查查看就找到答案，太多事無法安定確認下來。

長篇故事不提供清楚的結構，只是不斷地敘述，從這個時點連到那個時點。賈西亞．馬奎斯滔滔不絕的敘述，就是要阻止讀者動用平常讀小說的習慣，一看到邦迪亞上校又面對行刑隊了，趕緊找前一次出現這個鏡頭是在哪裡，比對兩次的異同。不，他要我們就那樣入迷地聽下去，聽得迷迷糊糊的也沒關係，迷離恍惚才是魔術時光應該帶來的氣氛。

巨大的敘事之流

巨大的敘事河流一路流下去，不會回頭的，一直奔流入海。只有敘述終止了，我們才回頭。你可以回頭重來一次，重來兩次，重來多少次都可以，但總是要讓那歌唱下去，不然就失去這作品形式的特殊意義了。沉浸在敘事之流裡，答案都在你腦中，腦中對前面的故事留下什麼印象，那就是了，因為這是一首敘事曲，是在時間流蕩中不斷變化的東西，而不是小說。

希望大家能夠體會，這是對我們閱讀經驗的挑戰。你可以試試看每天睡前讀《百年孤寂》，讀到睡著。期間會有一段意識模糊的階段，不知道讀到什麼，不知道自己到底讀進去沒有，讀了又似乎沒讀到。真的就很像小孩聽大人說故事，或是躲在戲台腳看歌仔戲，聽聽看看就不支昏睡過去了。明天戲照樣接著演下去，你不能說前面那段我沒看到，可不可以倒帶一下？樊梨花和薛丁山第一次決鬥到底是什麼結果你不知道，沒辦法，你睡著了，睡著了就是睡著了，那個敘述時間不會回來了。你就只能從他們第二次見面的時候接下去，邊看邊猜測那第一次發生了什麼事。我覺得這是閱讀《百年孤寂》最好的方法。

每天給自己一點時間，然後一直讀，讀到睡著，就睡了。然後不要回頭，你認為你睡著前讀到哪裡，第二天就繼續讀下去，再讀到睡著，第三天再繼續讀下去。這樣的話，說不定三、五天你就可以把《百年孤寂》讀完一次。那樣的話，五個星期的時間內，你或許可以讀個十次。於是這部小說就進入了你的生命，成為你隨身帶著觀察、理解世界的一面透鏡，因而你的生命也就變得不一樣了。

---

1 聶魯達　一九〇四年七月十二日－一九七三年九月二十三日。智利詩人、政治家，一九七一年諾貝爾文學獎得主。著有：《二百首愛的十四行詩》、《二十首情詩和一首絕望的歌》（九歌）、《聶魯達詩精選集》（桂冠）、《回首話滄桑：聶魯達回憶錄》（遠景）。

2 尤薩　一九三六年三月二十八日出生。秘魯作家，二〇一〇年諾貝爾文學獎得主。著有：《城市與狗》、《天堂在另一個街角》、《給青年小說家的信》（聯經）。

3 賈西亞·馬奎斯早期的一部短篇小說，中譯收入《馬奎斯小說傑作集》（志文）。

4 本書中提及《百年孤寂》中人物的譯名與引文，皆採用楊耐冬先生的翻譯（志文出版）。

5 中譯可參見《安蒂岡妮：墓窖裡的女人》，呂健忠譯（書林出版），後收入《索福克里斯全集I：伊底帕斯三部曲》，此書包括索福克里斯取材自伊底帕斯家族的三部悲劇：《伊底帕斯王》、《伊底帕斯在科羅納斯》與《安蒂岡妮》。

6 韋伯　一八六四年四月二十一日－一九二〇年六月十四日。德國社會學家，與馬克思、涂爾幹並列為社會學的三大奠基者。代表著作包括：《基督新教倫理與資本主義精神》、《學術與政治》（遠流）、《社會科學方法論》（時報）。

7 洛吉（David Lodge）在《小說的五十堂課》（*The Art of Fiction*）一書中，將魔幻寫實定義為，「讓不可能發生的不可思議事件出現在聲稱是寫實的故事中」的一種文學技巧，與當代拉丁美洲文學淵源頗深，賈西亞．馬奎斯即為代表。廖炳惠在《關鍵詞200》中，將魔幻寫實主義追溯到阿萊克西斯（Jacques Stephen Alexis）在一九五六年的文章〈大溪地的魔幻寫實論〉，在大溪地與拉丁美洲的文學表達中，戰後的知識分子往往會採取社會寫實的手法，從神話、傳奇或是魔幻的傳統，尋找文學書寫的意象與再現方式。

8 卡洛斯．富恩特斯　一九二八年十一月十一日出生。墨西哥小說家，曾任墨西哥駐法國大使。在台灣中譯的作品有《鷹的王座》（允晨）。

9 巴金　一九〇四年十一月二十五日—二〇〇五年十月十七日。中國現代文學作家、翻譯家。代表作品為：《激流三部曲：家、春、秋》、《愛情三部曲：霧、雨、電》。

10 這句話的英文翻譯是：Many years later, as he faced the firing squad, Colonel Aureliano Buendía was to remember that distant afternoon when his father took him to discover ice。此段譯文取自Gregory Babassa的翻譯，在一九七一年由Avon Books出版。

第三章 寫實主義、現代主義與福克納

我們在與賈西亞．馬奎斯大約同期的拉丁美洲作者中，
看見了一個隨時還有神話、還有奇蹟會發生的世界。
但只有賈西亞．馬奎斯寫出了《百年孤寂》，
超越了這些人的成就，將拉美文學傳播感染到更廣大的區域。
因為除了拉丁美洲文化的背景之外，
還有其他幾項重要因素參與打造了賈西亞．馬奎斯及其小說，
那就是寫實主義、現代主義的小說傳統以及福克納對他的影響。

拉丁美洲快速被殖民者占領，而來到這裡的殖民者——西班牙，是在歐洲現代化過程中，相對理性化最慢，理性化程度也最低的國家。西班牙的天主教傳教士，篤信神蹟、奇蹟在宗教上的核心地位。他們將這套信仰帶到拉丁美洲，和當地的其他巫祝信仰傳統混合了，奠下殖民社會的基礎，因而使得十八、十九世紀橫掃全球的理性革命大旋風，在這裡威力大減。

我們在與賈西亞．馬奎斯大約同期的拉丁美洲作者中，找到類似的企圖：複製復活了一個隨時還有神話、還有奇蹟會發生的世界。例如：阿根廷的盲眼詩人波赫士（Jorge Luis Borges），[1]或曾經和賈西亞．馬奎斯過從甚密的，年紀較大些的作家，魯佛（Juan Rulfo）。[2]在拉美小說史上，魯佛占有很重要的位置，他開創了一種來回於生死，搞不清楚生死界線的迷惘敘述法，對後來賈西亞．馬奎斯的小說產生了巨大的影響。另外還有也和賈西亞．馬奎斯很要好的富恩特斯。

這幾位作家的共通點，就是創造了讓讀者有真實感的生死穿梭經驗。不過他們都不是賈西亞．馬奎斯，只有賈西亞．馬奎斯寫出了《百年孤寂》，也只有賈西亞．馬奎斯寫得出《百年孤寂》，超越了這些人的成就，將拉美文學傳播感染到更廣大的區域。那是因為除了和這些人共同具備的拉丁美洲文化背景之外，還有其他幾項重要因素參與打造了賈西亞．馬奎斯及其小說。在這一章我們要談的，就是寫實主義、現代主義的小說傳統以及福克納對他的影響。

都市化的人口移動

首先應該要提的是，賈西亞．馬奎斯從加勒比海沿岸，去到波哥大去求學，遭遇了「波哥大事件」的騷動之後，又回到加勒比海沿岸，然後從哥倫比亞流亡，待過包括墨西哥市在內，好幾個拉美國家的都城。在這十幾、二十年間，他來回晃蕩在拉丁美洲的城市與鄉村之間，在與他同輩的青年之中，這樣的經驗並不多見。

二次世界大戰之後，二十世紀後半葉，拉丁美洲和全世界大部分地區一樣，都經歷了巨幅的人口移動變化。高度都市化帶來人口往都市集中的現象。在二次世界大戰之前，最高度都市化的國家，都市人口頂多占所有人口的三分之一，可是到二十世紀結束時，許多國家的都市人口比率超過了百分之五十。

一邊進行內戰，一邊進行著都市化過程，為拉丁美洲意識觀念帶來了強烈的偏向。都市化必然有其人口分布上的偏斜。都市化的主要動力是年輕人，尤其是年輕男性率先離開農村，以待售勞動力的身分進入都市。男性人口比率過高帶來了都市層出不窮的賣淫、犯罪等問題，因而發展到一定階段，就刺激鼓勵了年輕女性隨後移居都市，或許作為新的補充勞動力，或許尋求更好的婚嫁機會。

城鄉之間的性別分布會逐漸趨向平衡，然而世代分布卻會持續保持失衡。沒有相應的動力讓中老年人也移居到都市來。年輕人去了都市，卻將中老年人留在鄉村，這是非常普遍的現象。

在這個過程中會產生各式各樣不同的變化，例如台灣在工業化的進程當中，我們也面臨過這種狀況，我們有我們自己的一些問題，我們也有一些自己的解決方法。

城鄉有別的記憶

在賈西亞．馬奎斯成長的那段時間，厭倦於內戰的人們，以自由交換獨裁者承諾給予的休養生息，獨裁者的崛起終止了內戰。年輕一輩在獨裁者的統治下出生、成長，很容易將獨裁視為理所當然、正當的、甚至是唯一的統治形式。相對地，被留在農村，沒有移居到城市的中老年人，卻承擔了更早之前的內戰記憶。

政治史與政治學上的通則：獨裁統治的社會，基本上敵視記憶。獨裁者會用各種方式改寫歷史，希望所有人都活在統一的歷史版本中，而這個統一版本的歷史會顯示：自古以來就是獨裁統治，獨裁者的統治是沒有時間性、是近乎永恆的。這是獨裁者依賴的安全感來源。

編造歷史其實滿麻煩的。因為歷史牽一髮而動全身，獨裁者要創造自己比較正面、乃至於具備神話效力的過去，就必須連帶編造他周遭相關人士的身世。沒有一個獨裁者是自己孤身長大，沒有家人沒有同學沒有朋友的，於是他所有的家人、同學、朋友就必須連帶改變其過往故事。那真是樁大工程。例如，如果你在十五歲的時候，跟隨著這個後來的獨裁者在火車站當扒手，一旦他成了獨裁者，很抱歉，偉大的獨裁者不可能有作火車站扒手頭子的經歷，所以你要嘛在那時候不認識他，不然你就不是火車站裡的小扒手。

蘇聯的極權主義最恐怖、也最了不起的地方，就是可以全面一一改寫所有紀錄，就連歷史照片都可以仔細地將後來認定不該出現的人挖掉，再補上後來認定應該要在的人。拉丁美洲的獨裁者們，沒有那麼細膩高超的改造技術，他們依賴比較直接的方式——以高壓手段叫人們忘掉那些「不方便」的事，不准提不准討論，沒人提沒人討論，也就等於那些往事不存在了。

這種粗糙的記憶管制，沒辦法執行得徹底。不過在執行過程中，獨裁者得到了都市化很大的助益。大批年輕人集中到都市，方便了獨裁者可以集中管制，愈是都市化、人口集中的地方，記憶就愈容易被抹煞，或者該說，不在意記憶的氣氛就愈濃厚。

隨著都市化的興起，拉丁美洲很多國家都出現了兩極發展的趨勢——都市是沒有記憶的地方，年輕人只看現在，只看眼前，然後只過當下的生活；相對的，被留在城市以外，鄉鎮、農村裡的中老年人則活在過去的記憶裡，一方面獨裁者無法有效將統治之手伸到他們那裡，另一方面他們的記憶太過於鮮明、強烈，無法輕易抹殺。《百年孤寂》中的邦迪亞上校前後參與發動了將近三十次戰爭，其中一大半他都打輸了，曾經面臨槍決，這樣的記憶要如何遺忘？就算他自己想忘掉，那記憶都會緊緊不捨相隨，更何況老人們手頭上最多的，就是時間，他們有近乎於無窮的時間，慢慢咀嚼自己過往的經驗與感受。

一邊是幾乎沒有任何記憶，很少有中老年人，而多由年輕人所組成的都市；另一邊是幾乎由記憶統治了一切，看不到什麼年輕人的鄉鎮。賈西亞．馬奎斯穿

《馬奎斯的一生》是二〇一〇年翻譯出版的賈西亞．馬奎斯的傳記，
書中說到賈西亞．馬奎斯小時候是在外祖父家長大的。

梭來往於這兩種環境中，怎能不受到特別的衝擊？賈西亞．馬奎斯並未以和同輩人同樣的方式長大，他在外祖父家長大到十歲之後，才與爸爸媽媽同住。而他的外祖父是遍歷內戰之後才落腳在加勒比海沿岸的香蕉園，一個日日等待那總也不來的退休金的老人。

這樣的經驗不可能在他長大搬到波哥大去，就消失不見的。他帶著鬼魅的記憶去到波哥大，唸了法律系，同時卻又很喜歡文學，開始了文學創作，在文學與法律間搖擺不定，三心二意。他本來想把法律唸完再作打算，卻因為「波哥大事件」讓他返回鄉下，終止了法律方面的追求，回到那鬼魅記憶的源頭。

來往於繁華、錯亂，以現代性和當下時間打造的城市，以及時間幾乎靜止，荒敗垂老的鄉村之間，這對賈西亞．馬奎斯是很大的誘惑，也是很大的挑戰。他一直到一九六七年才將《百年孤寂》寫出來，因為需要充分的時間摸索，該用什麼方式將這對比表現出來，這當然不是一件容易的事。

寫實主義的小說美學

還好，賈西亞．馬奎斯的另一條文學來歷，提供了他很大的幫助——他熱愛，而且認真讀了美國小說家福克納的作品。

福克納是諾貝爾文學獎得主，但他在文學上的成就，在文學史上的意義，還超過諾貝爾文學獎的肯定。西方現代主義小說潮流中，有兩位美國籍的諾貝爾文學獎得主，對現代主義的根基產生轉捩關鍵性質的衝擊，那就是海明威（Ernest Miller Hemingway）和福克納。相對地，例如史坦貝克（John Ernst Steinbeck），或者索爾．貝婁（Saul Bellow），[3]他們的小說當然也都很傑出，但他們並沒有對現代小說進行革命性的反省，也就沒有給後來的寫作者帶來那麼強烈的啟發。許多愛好文學的人，具有文學天分的後輩，讀了海明威或福克納的小說，震撼慨歎：「啊！原來小說可以這樣寫！」於是讀過了海明威、福克納，就再也無法擺脫他們的影響，他們的影子會固執地鑽進這些人的作品裡。

讓我們快速回顧一下西方小說的發展變化。長篇小說，也就是英文裡的Novel，並不是長期存在的，而是一件相對後起、新鮮的事是到了十七世紀才崛起的新玩意。Novel這個字拿來當形容詞用，指的就是「新鮮的」、「前所未見的」。新的長篇小說發展，和兩件事並肩興起——它和城市有密切的關係，它也和中產階級閱讀群眾有非常密切的關係。沒有這兩項條件，就不會有我們今天熟悉的這種西方長篇小說形式。

進入十九世紀後，寫實主義成了長篇小說的主流美學標準，認定長篇小說應該要描寫真實發生的事，或者更精確地說，要能夠幫助讀者掌握生活的現實狀況。寫實主義一部分源自城市中產階級的強烈需求。為什麼要寫小說？為什麼要讀小說？因為城市生活將人從原本安穩、熟悉的環境拔出來，放置在一個陌生的、不安的、不斷變化的環境裡。

小說的重點功能是提供了別人生活的圖像，藉由小說家的虛構能力將別人的生活呈現出來，讓讀者了解。活在混亂、多樣的城市裡，沒關係，不必擔心，不必害怕，透過呈現各種不同人的生活樣貌的小說，我可以知道：喔，原來他們是這樣子過日子、想事情、看世界的。要能承擔這樣的功能，顯然小說必須是寫實的，不能任由小說家天馬行空寫自己的幻想。

因為小說和城市生活密切相關，因而小說的內容，相當程度上是由城市中產階級居民的問題與關懷來決定的。那個時代的城市居民，困惑什麼呢？他們困惑於無法掌握城市的面貌，無法定義城市生活。隨時不斷有新鮮事物在身邊出現，無法以原本的經驗來應付處理。

例如，在散步的路上，多了一幢怪模怪樣的建築，為什麼有人要蓋那樣的房子？又有什麼人會去住那樣的房子？去到度假的海邊，今年多了一種現象，有些人不在海裡游泳，卻去住在有游泳池的旅館中，在那人造的游泳池裡游泳，這是怎麼回事？城市中一大片原本工人居住的區域，很短時間內被夷平了，在那上面換上了一座龐大的公園，公園池子裡有人放他們的模型小帆船，池子邊的舞台上有弦樂四重奏在演出，這又是怎麼回事？更不用說到了一八六〇年左右，西歐的主要大城，陸續出現了百貨公司，成千上萬種貨品集合在一個地方，讓人看得頭昏眼花，又該如何應對呢？

城市生活不斷的變化，尚未習慣這種變化速度的城市居民怎麼辦？沒關係，你可以去讀小說。因為會有小說內容告訴你說，住在大公園附近的人，他們如何看待大公園？他們怎麼利用大公園？所有跟大公園發生關係的人，他們彼此用什麼方式互動？他們過什麼樣的生活？他們的生活中會發生什麼樣的事？他們會用什麼樣的情緒、用什麼樣的感覺，來回應什麼樣的事情？小說有巨大的教導功能，教導讀者認識不熟悉卻又切身的周遭生活。

朝向現代主義的演變

到了十九世紀後半葉，尤其進入二十世紀，城市生活持續變化，從量變到質變，帶來了新的問題。有待解決的新問題是：個人和周遭其他人愈來愈隔絕，生活愈來愈疏離。原本好奇別人的生活，是希望從別人的生活方式中找到規則規範，來模仿學習，讓自己能做個城市居民。然而累積了愈多關於城市生活的訊息，你會發現：別人過的生活，和你的生活差異到了似乎斷絕了其中的連結，除了都住在這座城市之外，那些人和你之間沒有什麼生活關係。

在缺乏明確人際紐帶，而且擁有多元環境與多元生活樣態的城市裡住久了，人會逐漸失去定位、定義自己的安全感。我到底是誰？我到底應該過什麼樣的生活？我能找到一種「對的」的生活，或「對的」生活目標嗎？更多的城市生活訊息與細節，非但無助於回答這些存在的根本問題，還會進一步加深其焦慮程度。

在這個節骨眼上，從寫實主義小說，演變為現代主義小說。現代主義放棄了提供更多城市生活的客觀描述，轉而去追索記錄個人主觀的迷惘與錯亂。需要被探索、被解釋的不再是外在現象，而是自我和自我感知外在的方式。小說就從十九世紀的法國「心理小說」開始，不斷地朝個人內在的層次走，查看個人主觀感應感受外在世界的過程。

這股巨大的小說轉向浪潮，仍然是集中在城市發生的。喬伊斯（James Joyce）的經典短篇小說集叫做《都柏林人》（*Dubliners*），這是一本站在現代主義門檻上的作品，它站在門前，然後回頭總結了寫實主義小說要做的事。《都柏林人》之後，喬伊斯接下來寫《尤里西斯》（*Ulysses*）與《芬尼根守靈夜》（*Finnegans Wake*），那就是清清楚楚建立在現代主義新感官新思維上的傑作了。

《都柏林人》帶有強烈的過渡與曖昧性質。《都柏林人》一方面承襲了十九世紀寫實主義小說對於都市、對於都市個人生活的好奇；但另一方面，它揚棄了寫實主義的大塊文章長篇描述，改用片片斷斷的撿拾來表達，集中凝視都市中某些個人偶發瞬間的靈光一現（epiphany），描寫靈光一現式的個人經驗。

《都柏林人》不是狄更斯（Charles Dickens）、托爾斯泰（Leo Tolstoy）他們寫的那種具有高度代表性的大故事，而是非常個人化的寫真，甚至連寫個人經驗，寫的都是個人生命中非典型的一個小片斷。從這點上看，《都柏林人》離開了十九世紀，朝二十世紀的現代小說走了一大步。不過，換從另一個角度看，喬伊斯選擇這些人，抽樣這些經驗的企圖卻畢竟還是呼應了寫實主義後期的創作理念，要藉由小說的虛構，將時代、社會中最重要的精神面貌，濃縮在幾個角色、幾個情景、幾個情節中展現出來。《都柏林人》書中所有個人的靈光乍現經驗集合在一起，似乎也還是呈現了在世紀之交的都柏林，某種異於其他城市的精神特質。我們也不能忽略喬伊斯在這方面的成就。

美國作家舍伍德．安德森（Sherwood Anderson），[4]他模仿《都柏林人》寫了*Winesburg, Ohio*，書名在台灣譯為《小城畸人》，其實原來的書名就講明了這些短篇小說的背景，是美國俄亥俄州的一個小鎮。他把喬伊斯寫都柏林的筆法，拿去寫小鎮生活，這個挪移是有特殊意義的。過去的小說負擔著刻畫、掌握複雜城市生活的使命，所以發展出了寫代表性角色故事的基本模式——在這裡找一個有這種屬性的，在那裡找一個有那種屬性的，像今天在做民意調查抽樣似的，於是五個十個角色的生命互動，就能撐起一幅都市圖像。寫實主義小說手法因而很難搬去描寫城市以外的環境。

當時的主流概念是：小說必須寫城市，只有城市才有這麼多希奇古怪、光怪陸離的事。在城市以外的田園農村裡，大部分的人都一樣，生活沒什麼個別變化，大家彼此認識，我知道你的生活，你也知道我的生活，那還有什麼好描述的？但安德森卻將《都柏林人》的寫法，搬到了小鎮上，讓我們看到、意識到，表面上看來安靜平淡的小鎮，並不見得都那麼具有同質性（homogeneous），其多樣變化的戲劇性不在表面，而在每個人的主觀深層之處。

投射在偏鄉的小說之眼

曾經和安德森密切來往，受到安德森強烈影響的一位作家，是福克納。

福克納寫美國南方小鎮鄉野生活，其寫法有承襲寫實主義的部分，但同時又穿插了如同神話或傳奇般的內容。福克納全面地將原本在城市經驗中萃煉出來的小說技法——從十九世紀的寫實主義，到通過喬伊斯、安德森發展而來的現代主義美學——挪來寫城市的對反，看起來落後、傳統、封閉的農村社會。在想像中，和城市相比，美國南方農村應該很無聊，簡直像是隨時可能陷入昏睡狀態般，哪裡有什麼好寫的？可是在福克納的筆下，建構了一塊南方地域，在那裡的生活有比城市經驗更驚人也更迷人的地方。福克納寫出了一種情境，那是城市興起之前，沒有人能夠察知，都市化之後，又沒有人去回顧整理的情境。

城市生活逼著它的居民非得高度理性化不可。道理很簡單，住在城市裡，至少你得要有精確的「時間理性」，知道巴士幾點要開，火車幾點要走，否則大眾運輸工具是無法運作的。銀行幾點上班，幾點下班，如果不知道這些規則，要怎麼工作？太多人集合在城市裡，所以必須有理性介入來安排。城市居民必須按照安排城市集體事務的理性來調整自己。這正是從鄉下來的人剛搬到城市，最難適應的。

在這種被城市理性化了的經驗基礎上，回頭看，會赫然注意到在城市以外的地方，在城市化還沒有全面占領的地方，竟然有人不曾經歷這種理性安排的洗禮，在那裡還存在著理性洗禮之前的時間。從一個城市人的角度，而不是從沉浸在這種前理性傳統的人的角度來看，這種生活一點都不無聊，裡面有好多神奇的成分。這些未經理性淘洗的人，他們了解、他們看到、他們聽到許多城市居民再也無法了解、再也看不到、再也聽不到的東西。他們還相信著很多城市人再也無法相信的事。

福克納將源自城市生活的小說之眼，拿去看似乎未經變化的偏鄉，再以經過城市生活鍛鍊過的小說之筆，敏銳、細緻地刻畫他們的生活、他們的信仰、他們的感情與種種互動。這些描繪對高度城市化環境中的讀者來說，宛如神話般。福克納有非常堅實的寫實功力，又極度講究用文字來捕捉、複製對話。他的描述讓人很難質疑其現實性，讀起來就像真的一樣。然而以這種似真筆法寫出的內容，卻又如此難以理解。小說角色他們的暴烈、他們的昏睡，對城市居民完全無意義的事，卻可以激起他們再強烈不過的反應，相反地，城市居民覺得天大地大的事，他們又可以完全視若無睹，絲毫不放在心上。這種倒錯，構成福克納小說底層沒有明言的基礎，也是他的小說讓人無法抗拒的魅力所在。

從福克納學到的事

我們可以想見，在那樣環境成長的賈西亞．馬奎斯，當他讀到福克納的小說時，會有多麼強烈的親切感！福克納筆下的美國南方，多麼像他在加勒比海沿岸外祖父家長大的景況。就連那種死人幽靈繼續存於活人感受中，還在到處遊蕩的現象，都如此類似。福克納教會了他一件事：用看似寫實的手法，寫出從城市人理性化眼中看來明明是奇幻神話的故事。福克納超越了城市人概念下的寫實，不因為這些是城市人不會相信也不會懂的，就特別小心翼翼地避免，或囉哩囉嗦地解釋，他仍然用講一件真實事情的口氣，大大方方地講出來了。

因為有福克納，賈西亞．馬奎斯才找到了敘述的方法，也才能夠去建構他自己的小城——馬康多。地圖上可以找得到馬康多這個地名，不過現實裡的馬康多和賈西亞．馬奎斯筆下寫的馬康多，不是同一回事。賈西亞．馬奎斯筆下所寫的馬康多，是一個小鎮；現實的馬康多則是一座香蕉園，是賈西亞．馬奎斯從外祖父家鄉要到波哥大搭火車時會經過的一個地名。他喜歡這個名字，以這個名字建構了福克納式的偏遠荒郊地區，讓這個偏遠的小地方發生了一切我們認為可能發生，以及我們不相信會發生的事。

賈西亞．馬奎斯又從福克納上溯喬伊斯，學到了另外一件事情。

在二十世紀之前，小說成立最重要的要件，就是一定要發生一些事件（event），才能拿來放在小說裡敘述。在現代主義興起之前，好的小說都可以透過小說中的核心事件來討論。要討論《鐘樓怪人》，就先說說《鐘樓怪人》書中到底書寫了什麼事件。要討論《悲慘世界》，那就先將那五大冊小說中的主要事件做一個表列出來。這些小說都有事件發生的軸線，你可以很容易地在讀完小說之後，將之整理轉述。

事件不再是重點

進入到現代主義小說，那就不一樣了。喬伊斯的《尤里西斯》究竟寫了什麼樣的事件？你能像形容《鐘樓怪人》一樣，形容《尤里西斯》嗎？或許你會說，小說寫布魯姆一天當中做了什麼什麼事，但這樣的說法沒有意義，對我們理解《尤里西斯》一點幫助都沒有。你可以讀刪節本的《鐘樓怪人》，明白《鐘樓怪人》這部小說的概要。一百多年來，絕大部分的讀者都是靠刪節本來讀《悲慘世界》、《三劍客》、《基督山恩仇記》的，沒什麼人讀厚重的原本，這無礙於他們覺得自己「讀過」這些小說，也無礙於他們和其他讀者討論這些小說。但同樣的方式，卻不能用來應付《尤里西斯》，雖然《尤里西斯》也很厚重很大本，但是沒有人去出版刪減版的，談論小說的故事梗概和閱讀小說本身，完全不同。

很多人都說福克納寫活了美國南方。美國南方之前發生過、之後會發生的任何事，沒有一樣逃得過福克納的法眼。然而在福克納的小說裡，也整理不出重要事件。關鍵的是那些人，不同的人，對於事情的不同感受，是感受而非事件，才是容納美國南方特質的載體。

《百年孤寂》也是如此，好像所有的事都發生在馬康多，或者都和馬康多這個地方有關係。可是認真追究，又實在整理不出這些事的脈絡軸線。事件在哪裡？一個人被槍殺了，他的血流出來，一直流一直流，從大馬路上流回自己的家門？一個人頭上隨時都有黃蝴蝶不斷繞飛著？一個人在平交道前看著一列火車駛過，那火車卻一直走一直走，怎麼也走不完？這些都不是事件，要讓所有的事濃縮在小說中發生，唯一的方式就是打散、取消明顯的事件。

不以事件為核心，小說能夠表達更多更深的內容。賈西亞．馬奎斯還從福克納及喬伊斯那裡學來了這項本領。

---

1 波赫士　一八九九年八月二十四日—一九八六年六月十四日。阿根廷作家，曾任阿根廷國家圖書館館長。著有：《波赫士全集》（台灣商務）、《波赫士談詩論藝》（時報）。

2 魯佛　一九一七年五月十六日—一九八六年一月七日。墨西哥作家，其作品對賈西亞．馬奎斯有很大的影響。

3 索爾．貝婁　一九一五年六月十日—二〇〇五年四月五日。美國作家，一九七六年諾貝爾文學獎得主。在台灣的中譯作品有：《抓住這一天》、《赫索格》（桂冠）、《像他這樣一個知識分子》（時報）。

4 舍伍德．安德森　一八七六年九月十三日—一九四一年三月八日。美國小說家。

第四章

賈西亞．馬奎斯寫作的三大主題

「孤寂」是什麼？賈西亞．馬奎斯的定義是：

「支持、同情跟團結的對反」。

他看到在拉丁美洲歷史環境下成長的人，

到後來都失去了支持、同情與團結。

他們得不到支持，得不到同情，他們也不懂得如何去支持別人，

同情別人，也就不可能和別人形成團結。

他以馬康多來象徵拉丁美洲的巨大歷史變化，

看見了每一個人都是孤寂的。

孤寂，正是賈西亞．馬奎斯寫作的三大主題之一。

被碾碎的社會紐帶

寫實主義、現代主義與福克納帶給賈西亞．馬奎斯深遠的影響，是他的作品的重要來歷。此外，賈西亞．馬奎斯的小說中有三個重大的主題，那就是：孤寂、命運與荒謬。

談賈西亞．馬奎斯小說中的孤寂，就必須提到妓院生活，真正的妓院（brothel）在賈西亞．馬奎斯生命中占有的地位。賈西亞．馬奎斯不是金庸小說《鹿鼎記》裡的韋小寶，然而要明瞭他存在的社會環境，最直接最容易的方式，說不定可以透過韋小寶廝混、長大的那個揚州來理解，那是一個奇特的社會，或說這個社會的一項特質是，傳統、既有的一般聯繫紐帶被切斷了。

我們得要承認，人很難不依靠其他人過活。在傳統上，家族、道德、社會的身分保障了我們可以在別人之中活著，讓我們不孤單。我知道我和誰有什麼關係，我知道我可以將許多我一個人承擔不來的東西，推給誰來幫我承擔。當然相對地，你也得幫別人承擔他們不能承擔或是不想承擔的東西。社會紐帶是非常重要的。可是在拉丁美洲，尤其在賈西亞．馬奎斯成長的時代，美國霸權、殖民主義加上都市化的發展，無情地碾碎了這些紐帶。

妓院在這種社會環境裡，提供了另類、替代性的社會紐帶。賈西亞．馬奎斯年輕時，曾經在一家妓院中混過一段時間。他和另外幾個人既是妓院的顧客，又是妓院老鴇照顧的對象。那不是我們想像的性交易關係，而是透過性關係連結產生的一種社會紐帶形式。

加勒比海沿岸的香蕉園，總是有許多離鄉背井的男性勞工。他們失去了與原生地的關係，只有同為外來客的工作同伴。他們沒有辦法重新建立穩固的家族紐帶，只能去建構另外一種組織，提供臨時的安全感。

妓院就是這樣的一種組織，或說環繞著妓院可以產生這樣的一種組織。雖然聽起來很怪，也有人不願承認，但這是事實。妓院是一個人來人往的匯聚點，妓院對某些人來說，不只是買春得到一時發洩的場所，而是一個綜合的人群活動中心，所產生一種以妓院為中心的社會組織。當然，妓院不會是個「正常」的中心，它畢竟承擔著道德上的污名（stigma），因而這樣的社會組織不會是穩定的，它因應特殊需求產生，只能在社會看不見的角落存在運作。

賈西亞．馬奎斯年輕時就體會了這種特別的社會組織，而且從中體會到了「孤寂」的意義。《百年孤寂》的原文書名是：*Cien años de soledad*，soledad就是西班牙文中的「孤寂」，在英文中是solitude。Soledad、solitude或「孤寂」是什麼？賈西亞．馬奎斯的定義是：「孤寂是支持、同情跟團結的對反」。solitude是support、sympathy跟solidarity這三樣東西的對反，都是「S」字母開頭的字。每當別人問到：為什麼他寫《百年孤寂》，要以「孤寂」來定義、規範這一百年馬康多的歷史，賈西亞．馬奎斯就如此回答。

將這句話置放回妓院背景，我們可以更深刻地了解，他所要描寫的「孤寂」。他看到了這一大群在拉丁美洲歷史環境下成長的人，到後來都失去了支持、同情與團結。他們得不到支持，得不到同情，倒過來，他們也不懂得如何去支持別人、同情別人，也就不可能和別人形成團結。他以馬康多來象徵拉丁美洲的巨大歷史變化，看見了每一個人都是孤寂的。

在妓院尋得的慰藉

這麼龐大、這麼普遍的「孤寂」要怎麼寫？即便用理論的語言、抽象的語言都很難精確地表達其向度與強度，何況是要化成小說具體的描述。這個主題困擾了賈西亞．馬奎斯將近二十年，找不到適當的敘述策略。最後是在妓院，或說是在對妓院環境的回憶中，找到了他的寫作突破。與其正面去描述「孤寂」，不如描述人以什麼樣奇特、荒誕的形式來慰藉「孤寂」。人要孤寂到什麼程度，才會聚集在妓院裡，只能從妓院得到所需的安慰呢？連妓院這種陰暗、隔絕的環境，對這些人來說，都是人與人難得可以彼此支持、同情的場域，你說這些人有多麼孤寂！

全世界沒有其他地方，人會想到、需要到妓院尋求人際慰藉的。我們常看到的，是文學家的想像，一個絕望的人進到妓院，找了個妓女，對她說：「我給你錢，請你聽我說話，好不好？」然而賈西亞．馬奎斯卻切身感受到了，以馬康多為象徵的拉丁美洲，人真的是在妓院裡面，才能得到在其他地方都得不到的一種人與人之間的連結關係。

我二十歲出頭讀《百年孤寂》，再接觸到賈西亞．馬奎斯的生平以及對妓院的看法，對我是很大的震撼。在一般人原本的概念裡，妓院是骯髒的、陰暗的、污穢的，是人與人之間最疏離的地方——正因為肉體貼近，更對照出精神、感情上的疏離。但我卻在賈西亞．馬奎斯的作品中感受到：原來我們自以為知道的現象，都不是這些現象唯一的面貌。

幾乎和讀賈西亞．馬奎斯的同時，我讀到張愛玲「翻譯」的《海上花列傳》，[1]那是一本「吳語小說」，是用方言寫的，我們一般人不容易完全讀懂，所以張愛玲特別把全文「譯」成普通話。張愛玲還特別寫了一篇「譯後記」，對這部小說提出了令人驚訝的分析。多年以來，《海上花列傳》被視為二流的妓院小說，張愛玲卻告訴我們：小說裡那些進出妓院的男人，他們不是去妓院買女人的肉體，相反地，他們是去買愛情，或是愛情的假象。因為在中國傳統社會中，沒有其他地方可以讓男女調情、戀愛，婚姻中完全沒這種東西，做太太的也絕對不懂這種東西，所以男人只好付錢到妓院裡和女人玩愛情遊戲。[2]

從某個角度看，《海上花列傳》也寫出了中國妓院的另一種面貌，那是中國社會的另一種面貌，寫出了活在那個社會裡的人，一種我們過去忽略了的「孤寂」。那樣的社會有它自己的「孤寂」，不幸的是那個社會沒有像賈西亞．馬奎斯這樣的作家，立志要寫出「孤寂」的面貌，故我們只能靠著張愛玲的翻譯與解說，從《海上花列傳》書中得到一點吉光片羽。

賈西亞．馬奎斯明白地意識到他的小說要處理的大問題：這種「孤寂」究竟是什麼，又是怎麼來的？換個方式說：究竟在拉丁美洲的歷史上發生了什麼，以

《海上花列傳》寫出了中國社會中被忽略了的「孤寂」。
圖中為賈西亞．馬奎斯的作品《憶我憂傷娼婦》書封。

至於一步一步纏捲，讓所有的人都只能以這種「孤寂」的方式存在？

這樣的小說真的非常難寫，不能用一般的形式來寫，必須找到一個能呼應、甚至加強各個角色「孤寂感」的形式。他奮鬥多年下來，完成後的《百年孤寂》寫了一個關係龐雜的大家族，幾十個角色穿梭其間，遭遇了各式各樣奇怪的故事，然而這麼多角色，真的沒有一個是不「孤寂」的。沒有一個角色可以和任何其他人發生密切且安全的關係。在小說技藝上更驚人的成就是，所有這些在不同角色身上的「孤寂」如何來的，又怎麼占領、侵奪了他們的生命，在小說中都有交代，都有來歷，沒有為了讓每個人都「孤寂」而勉強設計的情節。於是讀者在閱讀時，不見得會意識到這普遍、如同瘟疫般感染的「孤寂」，而是感覺到一股壓力持續堆疊在胸口。

這些人的生命，要不是少了什麼，否則就是多了什麼。但究竟少了什麼，或多了什麼，那就是我們在閱讀中或閱讀過後要掩卷閉目、認真思考的了。

獨裁者的孤寂

賈西亞．馬奎斯的文學背景還包括在寫作《百年孤寂》漫長過程中，他所經歷的時代變局。

他親眼目睹，甚至親身經歷了一九五〇年代後期拉丁美洲獨裁者接連垮台的現象。一九五五年，阿根廷獨裁者貝隆（Peron）——電影《阿根廷別為我哭泣》（*Evita*）劇中主角艾維塔（Evita）的丈夫——倒台倉皇流亡。一九五六年，秘魯獨裁者下台。一九五七年，賈西亞·馬奎斯自己的家鄉，哥倫比亞的獨裁者下台。一九五八年，隔壁的委內瑞拉——賈西亞·馬奎斯曾經在這個國家的首都住過一段時間——的獨裁者被推翻。一九五九年，「波哥大事件」裡面另外一個主角——卡斯楚——在古巴發動革命，取得政權，趕走了古巴原來的獨裁者。《百年孤寂》小說醞釀時，拉丁美洲的歷史看起來正發生翻天覆地的變化，這些獨裁者如骨牌般接連倒下，看起來應該會在「後獨裁」的情況下，長出全新的拉美社會。

對於後來賈西亞·馬奎斯的文學，最大的影響在於獨裁者倒台後，所揭露出的內幕。一旦獨裁者不在了，才會有、也就會有各式各樣的人講出「我在誰誰誰身邊的故事」。獨裁者不再高高在上，不再是只有形象與權力，卻沒有生活的人，他們作為「人」的一面被還原了。

這些倒台的獨裁者的故事到處流傳。這些故事給了賈西亞・馬奎斯一股強烈心寒的感覺。講到擁有幾近絕對權力的獨裁者，你們心中會有什麼樣的印象？權力、財富、腐敗、酷刑、殘忍好殺？酒池肉林，後宮佳麗三千？這些當然都有，但是真正讓賈西亞・馬奎斯心寒的，卻不是這些。

震撼他的是，這些人取得了那麼大的權力後的病態反應。從某個角度看，每一個獨裁者，都是心理、精神上的病人。例如哥倫比亞的獨裁者下台之後，被揭露出來：他無法安心地和人相處，他只能、只願意相信牛。幾個人一起開會，他牽來一頭牛在一旁，才能給他安全感。他愛牛成癡，生活中隨時要有牛在身邊。

又例如阿根廷的獨裁者貝隆，他最害怕他太太艾薇塔最喜愛的東西——錢，他看到錢會不自主地發抖。為什麼他如此依賴艾薇塔？因為他無法處理與錢有關的事，只要具體的錢出現，他就厭惡害怕得想要逃走。當艾薇塔將大把大把的錢從貝隆身邊拿走，他的感覺是：只有我太太可以救我。

五個倒台了的獨裁者，除了貝隆，其他四個都是由媽媽養大的，生命中都未曾受到爸爸的照顧影響，因而他們也都和貝隆一樣依賴女性，尤其依賴他們的妻子。這樣的訊息，進一步強化了賈西亞・馬奎斯的「孤寂」思考。不只是拉丁美洲的人民在歷史捉弄下缺乏安全感，沒有支持、同情及團結，就連宰制他們的那些獨裁者，都是「孤寂」的，再大的權力都消除不了那種內在的無助。

賈西亞．馬奎斯去了巴黎，閱讀別的國家的歷史，接觸別的社會的作品，感受愈來愈強烈：拉丁美洲是受詛咒的地方。在這裡，你擁有財富，仍然是「孤寂」的；你擁有權力，還是「孤寂」的。不像在巴黎，那裡的有錢人可以用錢換到安全感；那裡的政客們可以靠著權力、靠著龐大的國家官僚組織換來安全感。在拉丁美洲，人們不需要羨慕有權力的人，有權力的人身上帶著宿命的病，讓他們在權力中極度不安。

拒絕死去的幽靈

古巴革命成功，卡斯楚取得政權後，古巴政府成立一個通訊社，賈西亞．馬奎斯在這個通訊社工作了兩年。替古巴的通訊社收集各種新聞材料的那兩年中，賈西亞．馬奎斯接著目睹了拉丁美洲獨裁現象的捲土重來。除了在古巴之外，革命並未帶來徹底、決定性的改變，其他地方的獨裁者被推翻後，很快就有了新的獨裁者繼位，獨裁者簡直就像幽靈，拒絕死去，會一直不斷地回來。最突出的

「幽靈經驗」發生在阿根廷，貝隆被推翻了，幾年之後，阿根廷又有了獨裁者，還是同樣那個貝隆。

只有古巴建立了共產政權，但古巴也因而看來岌岌可危，成了美國的眼中釘。賈西亞．馬奎斯後來離開古巴通訊社，就是因為發生了「豬玀灣事件」，古巴明顯地成為美國與蘇聯對抗中一顆被擺弄的棋子，失去了自主性。看起來，拉丁美洲並沒有打算要走入新的歷史階段，只不過在與舊歷史中間多了一個逗點，稍微停了一下，換一批人之後，又朝原來的路上繼續走下去。

賈西亞．馬奎斯要探索這個宿命詛咒，就算不能探索出其來由，總得要將這宿命詛咒的現象描寫出來。然而要怎麼探索、如何描述呢？

明知無望的反抗

賈西亞．馬奎斯從另一個文學傳統中，找到了可以幫他處理這個問題的資源，也就進入我們要談賈西亞．馬奎斯作品中的第二個主題：命運。賈西亞．馬奎斯的一位好朋友，讀過他早期寫的小說，建議他去讀希臘悲劇，尤其是索福克里斯的作品，從《安蒂岡妮》開始讀起。

希臘悲劇為什麼叫「悲劇」？現代中文裡，我們覺得任何悲慘的事，都可以叫做「悲劇」，用「悲劇」來形容。然而，回到古希臘的原始觀念裡，「悲劇」的意義沒有那麼廣泛，「悲劇」是特定指人面對命運作弄時的情況。希臘悲劇的背景，是人的渺小，不只有奧林匹斯山上的諸神會隨意介入擺布人，還有更強大的，連宙斯都無法改變的命運。諸神的力量、命運的控制，都沒有什麼道理可說。為什麼有「悲劇」？因為人的一種奇特內在性質——即使知道不能改變命運，卻仍然無法順從命運，必然要進行無望的反抗。人明明知道神與命運如此強大，不是人力所能抵抗的，卻偏偏無法不抵抗。這是希臘悲劇真正的緣由。

希臘悲劇中，每一個角色站上舞台時，臉上就已經寫著「失敗」。只要他是人，不管他是伊底帕斯（Oedipus）、亞格曼儂（Agamemnon）、阿基里斯（Achilles）、安蒂岡妮，只要他是人，在悲劇的劇場上，就必然失敗。有人可能會問：戲劇的結果都已經知道了，還有什麼好看的？那就是我們不容易了解希臘悲劇的關鍵所在。

希臘悲劇要讓我們看的，絕對不是過程的懸疑、結局的出乎意外，而是看那個必然失敗的人，他如何無法接受失敗，他必然有所掙扎，雖然掙扎到最後他仍然是失敗的。希臘悲劇的重點訊息是：在抗拒神與命運時所做的決定、所發生的事定義了人是什麼——每一個人都被捉弄，但是每一個希臘悲劇的角色面對命運時，他們都是不屈服的，他們用自己不同的方式表現不屈服的精神。

像是亞格曼儂，他身上就牽涉了好幾個悲劇。其中一個是，亞格曼儂為了替弟弟復仇，帶領希臘大軍遠征特洛伊城（Troy）。出發之前，諸神就已經決定，他不會那麼快回到希臘，沒有那麼容易取得勝利，必然要損失大部分遠征的戰士，明知如此，亞格曼儂還是要去。整整花費了十年光陰，他才取得勝利回來。回來後他又註定會被他太太聯合情夫謀殺。

在看埃斯庫羅斯（Aeschylus）所寫的這齣悲劇之前，觀眾就已經知道結局了，因此，重點不在看亞格曼儂到底會不會死，他會不會知道了要害他的密謀而逃過一劫，而是要看亞格曼儂在對抗命運的過程當中，他做了尊嚴的還是猥瑣的決定，不管是尊嚴或猥瑣的決定都改變不了命運，但那顯示了亞格曼儂究竟是個有尊嚴的人，或是個猥瑣的人。

還有最有名的悲劇《伊底帕斯王》（*Oedipus Rex*）。一個可憐的人伊底帕斯，命運決定他將殺死自己的爸爸，又娶媽媽為妻。從他出生後，知道這個命運預言的人，都想盡辦法要防止這個預言成真。換句話說，所有的人都在掙扎試圖擺脫這樣的命運，然而，他們所做的每一件事，想要擺脫命運的每一個決定，最終都陰錯陽差地促成了預言的實現。那真是個悲哀得讓人背脊發涼的故事啊！[3]

拉丁美洲的命運

接觸希臘悲劇，啟發了賈西亞．馬奎斯認識了拉丁美洲的獨特性。拉丁美洲和法國、美國，或他也去過的義大利，有什麼不同？賈西亞．馬奎斯認知作為一個拉美作家，先決條件是你必須有足夠的勇氣承認：別人的歷史是開放的，也就是說，別人的作家寫將來可能發生的事，依照目前的現實去想像未來可能要發生的事，任何其他地方的小說作者，都擁有最基本的自由，可以選擇自己小說的結局；但是拉丁美洲的小說家不具備這樣的基本自由。賈西亞．馬奎斯寫《百年孤寂》，就是要寫出早已經命定了的拉丁美洲，悲劇性的拉丁美洲。拉美小說的作者沒有權利選擇不一樣的結局，不能在小說中選擇寫著：這個獨裁者走掉之後，不會再有另外一個獨裁者。這塊土地的命運註定走了一個獨裁者之後，只會再來另一個獨裁者。

後來他的《獨裁者的秋天》（*The Autumn of the Patriarch*）以及《迷宮中的將軍》（*The General in His Labyrinth*），都有希臘悲劇精神貫串其間。他從希臘悲劇，尤其是從索福克里斯的《伊底帕斯王》中體會到了，拉丁美洲就是這麼一回事。作為小說家，如果寫小說的前提是要假想、虛構拉丁美洲一個不同的結局，那樣的寫作是不負責任的，甚至可以更強烈地說，那就不是一個真正的拉丁美洲小說家了。

拉丁美洲只能有這個命運。在這點上，賈西亞・馬奎斯，至少在寫這些小說時，是個宿命主義者。不過那種從希臘悲劇而來的宿命主義，絕不是單純地接受命運，而是要去描述人在命定狀態下，如何繼續努力、繼續奮鬥，他如何繼續以人的尊嚴活著。不會因為明明知道自己的宿命，明明知道不可能脫開宿命，就不努力地活著。在無法突破那個命定終點的情況下，他活過的所有內容還是有意義的，不會因為無法換來不同的結局而失去其價值。

這是邦迪亞上校所象徵的。他不會成功，而且註定不會成功，他做的每件事，都是別人已經做過的，但是他不知道，他又再做了一次。他永遠逃脫不開，一次又一次發動戰爭，一次又一次去革命，卻一次又一次失敗。如果抱持讀懸疑小說的心情，只想知道結局是什麼，那就無法讀通希臘悲劇，也不能讀懂《百年孤寂》。

邏輯顛倒的荒謬現實

在孤寂和命運之外，賈西亞・馬奎斯的第三個寫作主題是：荒謬，現實的荒謬。這關聯到他當記者的經驗，以及因為當記者的關係所碰觸到的一些事。

一九五四年八月，賈西亞・馬奎斯在波哥大當記者，發生了一件荒謬的事。獨裁者突然之間決定要廢除掉最邊遠的一個省——喬科省。獨裁者覺得哥倫比亞已經有太多省了，喬科省那邊都是黑人，沒有太大用處，於是就在波哥大直接下令將喬科省切割劃分給鄰省，取消了喬科省。

消息傳到喬科省，那邊沒人有什麼反應。反應最強烈的是報社派駐在那裡的記者。他很生氣，覺得政府怎麼可以用這種方式草率廢掉一個省？碰到這種事，照道理說，省內應該要有示威遊行才對。於是這位記者就報導了「理論上該有」的示威遊行。新聞發回波哥大，受到了總社的重視。第二天，又有新的示威新聞，而且上街遊行的人數還增加了，喬科省的省會一片動亂。因此總社更重視了，就派賈西亞．馬奎斯和一位攝影記者趕赴喬科省。那時候賈西亞．馬奎斯在報社的地位已經很高了，意味著報社特別派了一個明星記者去喬科省接手報導示威遊行事件。

那地方還真沒那麼容易到得了。賈西亞．馬奎斯和攝影記者花了一天半的時間，輾轉換搭小飛機，才終於飛到喬科省首府。他們到的時候是下午三點鐘，下了飛機，趕緊問機場的人，示威遊行在哪裡？機場的人在午睡，被叫醒問這個讓他們莫名其妙的問題，什麼示威遊行？沒有人聽說有示威遊行。賈西亞．馬奎斯他們只好自己找，至少先找當地的報社記者吧，找到他了，他也在睡覺。被叫醒之後，這個地方記者才知道大事不妙了，示威遊行在哪裡？哪裡都沒有啊！

知道了真相，賈西亞．馬奎斯當下的反應是：「花了一天半的時間來到這裡，我們可沒打算空手回去。」聽賈西亞．馬奎斯這樣說，地方記者有想法了，他回應：「你們跟我來，我們去找省長。」他們真的見到了省長，那個地方記者直接告訴省長：「波哥大的大牌記者都來了，你怎麼可以讓他沒有示威遊行的新聞可以報導呢？這個省在搞什麼啊？」省長想一下，覺得還滿有道理的，於是就下令要有人去示威遊行。一聲令下，平白創造了一個群眾示威遊行。本來是省長下令創造的，示威遊行一開始，就有許多人加入，愈來愈多人加入，進而其他的省也跟著有了示威遊行，抗議中央權力太大，而且行事太霸道了。

在那個過程中，賈西亞．馬奎斯寫了四篇很長的深度報導，那成了他新聞記者生涯中的重要傑作。當然光靠賈西亞．馬奎斯的報導，光靠各地示威遊行還不足以挽救喬科省，喬科省終究還是被廢了。但這件事正反映了前面說的那種宿命感，重點不在於喬科省有沒有被救回來，而在喬科省如何面對這件事。有示威遊行和沒有示威遊行畢竟還是不一樣。

此外，這樣的事情一定使賈西亞．馬奎斯更加清楚地感受到現實的荒謬——一場由新聞記者創造出來的示威遊行，邏輯上顛倒了，而在顛倒的邏輯裡偏偏才有哥倫比亞的現實。

海上遇難事件的真相

賈西亞．馬奎斯的記者生涯中，還有另一項代表傑作。那是一九五五年二月發生的事。一艘哥倫比亞的軍艦在加勒比海上遇到了暴風雨，八名水手在顛簸中意外被拋入海裡，其中一名水手拉住救生艇，在海上漂流十天，幸運得救了。這當然是條熱鬧的新聞，獲救的水手出了一陣鋒頭，不過熱潮很快也就過去了。

但就在別人都快忘掉這個水手時，賈西亞・馬奎斯向報社提出要求，想去做深度報導。社方的第一個反應是：這件事已經沒有新聞價值了吧？報社是對的，其實賈西亞・馬奎斯根本就不是出於新聞動機，而是因為他剛剛讀完海明威的《老人與海》，滿腦子都是老人桑提亞哥在海上和馬林魚搏鬥的影像，刺激了想要更進一步接近海洋真實經驗的動機。

報社不贊成他去，但在「喬科省事件」後，賈西亞・馬奎斯的記者地位更高了，社方妥協了，決定讓他去，不過顯然對這個報導未抱太大期待。賈西亞・馬奎斯去了，而且進行了認真的採訪。他有多認真呢？他前後進行了十四次採訪，平均每一次花了四小時。這個倖存的水手平常應付記者，就是說準備好的一套話，描述海上漂流的過程，就沒事了。碰到剛讀完《老人與海》的賈西亞・馬奎斯，卻沒那麼容易過關。賈西亞・馬奎斯會突然問出很關鍵的問題：「但是，這個過程中你有喝水嗎？」「那你有尿尿嗎？」「這件事跟那件事之間大概相隔多久？中間沒有發生別的事嗎？」等等。

五十多小時的馬拉松採訪，讓賈西亞・馬奎斯得以原原本本地重建水手從落海到獲救的細節。然後他開始寫報導，很長的一篇報導。第一天寫不完登不完，第二天繼續寫繼續登，第三天、第四天、第五天……到了第六天，社長突然站在他桌子前面，輕描淡寫地問：「你的海上漂流報導還很長嗎？」他尷尬地回答：「實在是有很多內容要寫啊！」社長又問：「那你預計要寫幾天？」賈西亞．馬奎斯鼓起勇氣來說實話：「大概要寫十四天。」社長就說：「真希望你可以連寫五十天。」

原來在海上漂流報導連載的那六天中，報紙的銷售份數每天都在增加。很多人都好奇想知道，到底在海上發生了什麼事。不過這件事真正的重要性，還不只在於大有助於賣報紙而已。在他五十多小時訪談的結尾，大致掌握了海上漂流的經過，既是優秀的新聞記者，又身兼敏感的小說家身分的賈西亞．馬奎斯覺得有一件事情還是不夠清楚，他問那個倖存的水手說：「你究竟怎麼落水的？可不可以再講一次？」水手嚇了一跳：「我不是早告訴你了嗎？」賈西亞．馬奎斯誠懇地拜託：「就再講一次，好不好？」

在這個節骨眼，那個水手嘆了一口氣，告訴賈西亞．馬奎斯：其實沒有暴風雨，不是因為暴風雨讓他們八個人落海的。而是因為軍艦上裝了太多走私貨物，東西堆在甲板上，沒有綑綁好，大批走私的貨物突然滑動，八個站在甲板上的人，就被貨物「碰」地一聲，一起推進海裡了。

哇，這是連海明威都寫不出來的海上經驗，這是連小說家都想不到的荒謬情節。長篇報導連載到最後，吸引了大批讀者每天追讀，賈西亞・馬奎斯將這一段荒謬景況寫了出來，當然引發軒然大波。這是給哥倫比亞海軍的一記大耳光，也是給獨裁者的一記大耳光。獨裁者絕對不會高興的。

獨裁者開始將這家報社視為眼中釘。到了第二年，一九五六年，這家報紙就被獨裁者下令關閉了。幸也不幸，賈西亞・馬奎斯當時在巴黎當特派員，沒有直接的人身危險，不過他在巴黎也就立時沒了收入。他連房租都付不出來，更被迫中斷了大有成就的記者生涯。

海明威的簡捷筆法

以他當記者的經驗，以記者的報導之眼觀察這個世界，進一步讓賈西亞・馬奎斯體認：社會上發生的現實，可能荒謬到超過小說家的想像，像喬科省廢省的事，像海上遇難者落海的真相。另外，當記者的歷程，也為他指認出了另一個可以當他的老師、教他很多東西的作家——海明威。

海明威對賈西亞·馬奎斯的影響，比較不容易從《百年孤寂》書上看出來。但是如果讀《沒人寫信給上校》，那就很清楚了。那種低調、內斂、簡單的敘述，後面飽含生命記憶與痛苦的張力。海明威的影響不僅止於《沒人寫信給上校》。賈西亞·馬奎斯從海明威那邊學到「魔幻寫實」的一項關鍵技法，那就是少用形容詞，避免虛字，盡量只用實實在在的動詞、名詞，這樣一種風格。藉由這種風格帶給讀者一種現實感、寫實感。

自古以來很多人都寫過現實裡不存在的奇幻想像，但我們不會將這些奇幻內容稱為「魔幻寫實」。《魔戒》很魔幻，《哈利波特》很魔幻，但它們不是「魔幻寫實」。相對地，在《百年孤寂》書裡，賈西亞·馬奎斯寫西班牙神父喝了一杯熱巧克力，整個人就飛了起來，不也是魔幻嗎？「寫實」在哪裡？

賈西亞·馬奎斯的「寫實」很大一部分是來自於讀者閱讀時的感受，或者應該說：他的文字、敘述方式在讀者心中產生的效果。閱讀賈西亞·馬奎斯和讀《魔戒》、《哈利波特》、《地海傳奇》，最大的差別在：奇幻小說依賴一種腔調，把讀者帶離開自己的生活景況，而賈西亞·馬奎斯卻從海明威那裡借來簡捷的語句，將魔幻內容帶入讀者熟悉的意識狀態裡。「簡捷」的意思不是說每個句子都短短的，而是要去除掉那些會讓讀者在閱讀過程中駐留，感受作品與現實距離的虛字。

閱讀這樣的小說，一項基本的感受是快要喘不過氣，現象與事件一直不斷發生一直不斷發生一直不斷發生一直不斷發生，不讓我們喘口氣，連氣都快喘不過時，誰還想去計較：這到底是真的還是假的？他不給我們這個距離、這個空間。以海明威式的節奏進行著，讀者被癱瘓了，閱讀《百年孤寂》，你停止想像，也無從想像再接下來可能會出現什麼樣的人、可能會發生什麼樣的事。那個頭上總是飛著黃蝴蝶的人，會不會接下來在他背上長出一隻大蟑螂？你不會這樣去想去猜測。這是賈西亞．馬奎斯從海明威那裡學來創造「寫實」感受的訣竅。

讀《百年孤寂》，或許你會好奇也去讀一下福克納，也去讀一下索福克里斯，也去讀一下海明威早期的短篇小說集《在我們的時代》（*In Our Time*）或後期的《老人與海》。那麼你會更強烈感受到賈西亞．馬奎斯的天才本事，他將這些不同的成分融合在一起，才創造出具獨特自我風格的一部鉅作。

他花了很久的時間準備，各種文學寫作的條件都到位了，他將自己關起來，閉關了十四個月，在這十四個月中他沒有分文收入，用盡了僅有的一點存款。小說寫完了，為了將稿子寄到布宜諾斯艾利斯去，還將家裡僅剩的三樣值錢東西送進了當鋪：吹風機、果汁機和電暖爐，一共換了五十個披索（pesos），[4]才有辦法將稿子寄出。不過這本書出版後，隨即成為暢銷書，造成全球轟動。

1《海上花列傳》共六十四回，是一部以娼妓為題材的長篇小說，作者為韓邦慶，目前市面上較為通行的是三民書局和台灣古籍出版社的版本。

2 張愛玲的白話文譯本即為《海上花開》與《海上花落》（皇冠）。她在〈國語本《海上花》譯後記〉中指出，「過去通行早婚，因此性是不成問題的。但是婚姻不自由，買妾納婢雖然是自己看中的，不像堂子裡是在社交的場合遇見的，而且總要來往一個時期，即使時間很短，也還不是穩能到手，較接近通常的戀愛過程。」相關討論可參見〈在惘惘的威脅中——張愛玲與上海殖民都會〉，收入《霧與畫——戰後台灣文學史散論》（麥田）。

3 關於亞格曼儂的悲劇，可以參見呂健忠翻譯的《亞格曼儂——上古希臘的殺夫劇》（書林），伊底帕斯的故事也可參考《永遠的少年》（本事文化）第四章的解說。

4 哥倫比亞的貨幣單位。

第五章
線性開展與不斷循環的時間觀

《百年孤寂》建立在雙重時間結構上，雙重時間由不同的性別來代表。
男人為什麼都叫同樣的名字？因為他們的生命就是一直不斷地重來。
《百年孤寂》裡鋪陳的男人的循環時間，
從另外一個角度看，正是來自於男人線性時間必然造成的頹敗，
男人無法在自己的生命歷程中返回原點。
女人的生命有著奇特的韌性，永遠在那裡，
接納領受了一代又一代男人從外面帶回來的挫折、悲哀、傷害。

別輕易相信導讀

經典書籍出版時，通常會有「導讀」，看待「導讀」時，應該抱持著保留的態度——包括我給你們的「導讀」，別急著照單全收。「導讀」絕對不能取代本文，我們總還是要自己讀本文，自己形成對書的看法與意見，「導讀」只是協助，而且「導讀」的協助有時還是反向的——讓我們發現：怎麼會有人如此解讀呢？明明書裡寫的不是這樣啊！我們因此而注意到了本來或許會忽略的關鍵細節。

《百年孤寂》其中一個中譯本，如此「導讀」這本書：「在第二代中，邦迪亞上校這個人物是整個家族的光輝，是人類勇者的畫像……他是老邦迪亞與易家蘭的次子，他從事革命……他是這個家族的太陽」。[1]不要輕易相信這樣的說法，因為在書裡，賈西亞・馬奎斯明明如此精采地寫出了邦迪亞上校的黑暗面。

在小說中，賈西亞・馬奎斯讓邦迪亞上校和蒙卡達將軍並列，蒙卡達就是一個比邦迪亞來得尊榮、來得高貴的角色。這兩人在小說中長期敵對、彼此交手打仗，可是卻又一起聊天、一起下棋。戰爭介入在這兩人之間，逼迫他們面對不同的考驗。如果聽從「導讀」的說法，認定邦迪亞上校是「光輝」、是「太陽」，一不小心就會錯失賈西亞・馬奎斯的對照用意。

蒙卡達將軍曾經占領馬康多，後來邦迪亞打回來，收復了馬康多。邦迪亞領導的革命軍將蒙卡達率領的正規軍軍官統統處死，然後審判蒙卡達。這時，邦迪亞的媽媽，永遠的易家蘭出面干預了，她對邦迪亞說：「蒙卡達的政府是馬康多有史以來最好的，他仁慈的心地，他對我們的照顧，這些都無須我來講，因為你知道的比誰都清楚。」顯然，不只是媽媽知道蒙卡達將軍怎麼統治、如何善待馬康多，邦迪亞也知道。

邦迪亞知道，但他卻對媽媽說：「我不能接管司法工作，如果你有什麼話要說，去跟軍事法庭說。」於是易家蘭就真的組了證人團，到革命法庭去作證。易家蘭的證人團成員，都是參與馬康多最初建城的婦人，她們都很老了，「有的是翻山越嶺過來，一個個都讚揚蒙卡達將軍的優點。易家蘭最後一個作證。她那沉鬱的威嚴、赫赫的聲名、強而有力的說服所作的證明，使法庭裁決猶豫了一陣子。」

接著易家蘭說的這句話很重要：

「你們玩這種遊戲玩得很好，因為你們是在盡職，但是別忘了，只要上帝讓我們活著，我們就仍然是母親；不管你們有多強的革命性，只要你們有一點不尊敬我們，我們仍有權利把你們的褲子脫下來打一頓屁股。」

易家蘭的證詞將包括邦迪亞上校在內的這些革命軍官，都還原為一個個應該被打屁股的小孩。

但蒙卡達將軍仍然被判了死刑。比革命法庭判他死刑更糟的，是邦迪亞上校不肯給蒙卡達將軍減刑；比不給他減刑還要更糟的是，邦迪亞去牢房裡探視蒙卡達，對他說：

「老友，不是我要槍斃你，是革命要槍斃你。……你比我知道更清楚，一切軍事法庭都是鬧劇，其實你是在替別人贖罪。因為這回我們是不惜一切代價冀望贏得勝利，你處在我的地位，也會這麼做。」

蒙卡達將軍則回答：

「大概吧，而我所憂心的不是你要槍斃我，因為我畢竟是軍人。」

這裡顯現的，不只是邦迪亞上校的黑暗，而且是戰爭如何塑造了人的黑暗的過程。戰爭改變了一個人，讓他習慣於以革命作為方便的藉口，戰爭與革命凌駕、甚至取消了其他價值，包括珍貴的友誼。

蒙卡達將軍和邦迪亞上校兩人的關係，原本是友誼超越戰爭的例證。兩人處於敵對的陣營，一個是保守黨，一個是自由黨，兩個陣營持續打仗，他們卻可以維持友誼。然而當邦迪亞上校回到馬康多時，他墮落了。小說中的訊息再清楚不過，那份超越戰爭的友誼消失了，取而代之的是什麼？是滿口革命的藉口、革命的謊言，甚至可以順理成章用革命為理由槍斃老友。這是賈西亞．馬奎斯的用心。

沒有意義的戰爭

出於同樣用心，蒙卡達將軍被槍斃後，接下來的一章寫了：「馬魁茲上校是第一個察覺戰爭無意義的人」，要說的就是戰爭的意義何在？戰爭有意義嗎？這章往下讀，我們發現在這裡差一點就重複了邦迪亞槍斃好友蒙卡達的情節。馬魁茲上校如何「第一個察覺到戰爭是沒有意義的」？這段真是小說家的神來之筆，精采展現了小說家的洞見與敏銳觀察。

馬魁茲跟邦迪亞兩人在電報線的兩頭例行對話，沒有什麼特別的消息要交換，對話結束前，馬魁茲上校看著荒涼的街道，以及銀杏樹上的水珠，發現自己迷失在孤寂裡。於是他發了電報說：「邦迪亞，馬康多下雨了。」發完後，電報線沉寂了好一陣。突然，機器上跳出邦迪亞上校的無情字句——「別驢了，馬魁茲，八月下雨是很自然的事。」

這話為什麼無情？因為邦迪亞沒有辦法感受到馬魁茲的孤寂。他完全將馬魁茲拍給他的電報內容，當成表面意思看待。小說家的神來之筆就在於：最後這句話，當然是電報那頭邦迪亞上校拍來的，但小說家刻意寫：「符號說」。那是從電報線陸陸續續傳來的符號而已，裡面沒有人，沒有感情了。

然後呢，「馬魁茲上校見對方的反應如此氣勢凌人，頗為不快。兩個月後，當邦迪亞上校回來馬康多，這種不快的情緒變成了驚愕。」驚愕什麼？邦迪亞帶了三個情婦，把她們放在同一個房間裡，自己一直躺在吊床上。去問他任何事情，他都說：「不要用瑣碎的事情來煩我，你去跟上帝商量吧。」

被槍斃的老友蒙卡達將軍托付邦迪亞將遺物交給他的寡婦。東西送到了門口，喪失了丈夫的寡婦對邦迪亞說：「你不能進來，你可以去指揮你的戰爭，但我主管我的家。」這話好熟悉啊，這本來是邦迪亞的媽媽易家蘭會說的話吧？那是易家蘭式的骨氣。然而邦迪亞上校如何反應？「邦迪亞上校沒有把怒氣表露出來，但他的近身衛士掠奪了寡婦家的財物，一掃而光，這才消了他的氣。」

這是一路的墮落，愈來愈深的墮落。接著還有幾個小故事。邦迪亞看到了另一個將軍，他的評語：「這個人是一隻值得提防的野獸。」他身邊的人聽了就說：「那簡單，給他一槍就好了。」之後也就真的有人去將那個將軍殺了。邦迪亞甚至不需要下命令。他已經墮落到理所當然擁有這麼大的權力，以至於開始害怕自己的權力。於是他胃寒的毛病、胃痛帶來全身寒冷的感覺，回來占據了他。

邦迪亞上校的墮落

邦迪亞的墮落，最悲哀、令人最無奈的底處，是他要槍斃馬魁茲上校。就連一直在他身邊的夥伴、最親密的同志，如果阻礙了他的意志，邦迪亞也要殺他。

馬魁茲上校只不過要阻止他簽條約，對邦迪亞說，「你不能夠簽這個條約，如果簽了，就是背叛了信任我們的人。」邦迪亞上校立刻命令：「把你的武器交出來，讓革命法庭處置你。」又是革命法庭，又是以革命為藉口。這是最黑暗、最黑暗的時刻。

兩天之後馬魁茲上校被控叛國罪、被判處死刑，邦迪亞上校躺在吊床上不理會任何人的請求，而且下令誰都不能打擾他。但他阻止不了、沒有人阻止得了媽媽易家蘭出現。母子見面只花了三分鐘時間，易家蘭說：「我知道你要槍斃馬魁茲，我也無法阻止，但我要警告你：只要我一看到馬魁茲的屍體，我以我父母的骨灰，以老邦迪亞的骨灰，以上帝之名發誓，不管你躲在哪裡，我都要把你拖出來，親手殺了你。」

黑暗與墮落被易家蘭強悍的決心終止了。邦迪亞明白了，這次媽媽不只要將他的褲子脫下來，打他一頓屁股。他沒有槍斃馬魁茲，轉而要求馬魁茲和他一起去收拾戰爭。他決心要收拾這沒完沒了的戰爭。

從開始打仗以來，已經打了三十二場。不斷地對抗政府軍、對抗保守黨，處理各種複雜的關係，到後來戰爭所帶來的權力，戰爭的血腥與殘暴，改變了邦迪亞。馬魁茲上校明白地講出來：「我寧死也不願看到你變成一個殘暴的統治者。」他變成了一個殘暴的統治者。雖然聽到馬魁茲這話，邦迪亞堅決地說：「你看不到我變那樣的。」然而我們讀到他的回應時，心中產生了反諷的感覺，因為我們明明已經看到他變成一個殘暴的統治者了。

如果不是一個殘暴的統治者，他不會不顧友誼槍斃蒙卡達將軍；如果不是一個殘暴的統治者，他不會對於他媽媽在革命法庭上為蒙卡達辯護的話無動於衷，如果不是一個殘暴的統治者，他不會一意孤行要簽那個條約；如果不是一個殘暴的統治者，他不會因為馬魁茲一句反對的話，就要把他送上革命法庭；他其實已經是一個殘暴的統治者了。是馬魁茲上校面臨死亡的那種壯烈，或者說悲壯情懷，以及媽媽的詛咒，才終於讓他醒過來，知道自己竟然已經是一個殘暴的統治者了。

我們要牢牢記得邦迪亞上校曾經變成一個殘暴的統治者的事實，他當然不是「光輝的代表」、「人類勇者的畫像」，他曾經懦弱得無法拒絕權力的腐化。

我挑剔別人寫的「導讀」，當然也就不在意，甚至強烈同意你們挑剔我給你們的導讀，回頭查查看，我的解釋和說法是不是真正可以從書中內容獲得支持、佐證。

熱情的亞瑪蘭塔

前面提到的那篇「導讀」，對於馬魁茲上校一句話都沒有提。但馬魁茲上校多麼重要啊！除了在關鍵時刻喚醒了成為殘暴統治者的邦迪亞之外，他還和亞瑪蘭塔之間有一段令人難忘的感情。那篇「導讀」，提到了亞瑪蘭塔之前的一段感情。亞瑪蘭塔和莉比卡兩個人同時愛上一個男人，從義大利來的人，那個把鋼琴從大老遠送到他們家，然後修好了鋼琴的克列斯比。

莉比卡原來要嫁給克列斯比，亞瑪蘭塔的反應非常激烈，她直接對莉比卡說：「如果需要，我會把你殺了。也不讓你嫁給克列斯比。」而且她還不單只是說說而已，甚至曾經幾次試圖付諸實現，但她沒有殺死莉比卡，卻害死了別人。

最初的閱讀印象中，我們認得的亞瑪蘭塔是個熱情如火，熱情得可怕的人，她不是「導讀」裡說的「冰霜美人」。亞瑪蘭塔和莉比卡搶奪男友這件事，後來發生了非常戲劇性的轉折。有一天，莉比卡突然發現她真正愛的其實是曾經在海上流浪，失去音訊好長一段時間，後來意外回來的亞克迪奧。於是她就不顧一切撲到亞克迪奧身上，完全不理會克列斯比，對克列斯比沒有一點點眷顧懷念。就連父母的強烈反對，都阻擋不了她對亞克迪奧的愛。相較之下，她原本對克列斯比的感情，簡直是兒戲。

莉比卡不要克列斯比了，那麼只要克列斯比願意，亞瑪蘭塔就可以順利和克列斯比在一起了。很好，克列斯比也愛亞瑪蘭塔，他們兩人陷入熱烈的愛情狀態裡，雖然中間牽涉深刻的壓抑，但那愛情狀態是毫無疑問的。

拒絕所愛的對象

兩人相愛，下一步會是什麼？應該是婚姻結合吧，但亞瑪蘭塔卻對克列斯比明確表達：「我不要嫁你。」她的拒絕極為堅決，而且還不肯給任何理由，不管克列斯比如何苦苦哀求，她就是不答應，也就是不解釋。克列斯比受到雙重痛苦，被拒絕的痛苦，困惑不得解的痛苦。「明明你也愛我，為什麼卻要拒絕我？為什麼無論我怎麼哀求，你就是不接受呢？如果你不愛我，還可以理解；但明明我愛你，我也知道你是愛我的，為什麼拒絕我？」在這樣的痛苦中，克列斯比自殺了，他是馬康多開拓以來第二個死去的人，被葬在第一個死掉的猶太人旁邊。他們兩個都是外來的人。

這段情節件從某個角度上看，幫我們彰顯了「魔幻寫實」的另一層次的意義。好的「魔幻寫實」小說可以寫出從表面上、從理性角度上，怎麼看都不合理、無從理解的事，但卻就是讓我們深受震撼，難以忘懷，難以擺脫這件事在我們心中反覆迴繞。亞瑪蘭塔不嫁給克列斯比的決定，徹底違背理性，完全沒有道理。試試看轉述給沒讀過這小說的人聽吧：「有一部小說寫這兩個人戀愛，所有人都支持他們，沒有人阻擾他們，兩個人愛得死去活來，可是有一天女生突然告訴男生，我以後不會嫁你。我就是不要。所以後來男生就自殺了。」看看聽到的人會如何反應！他八成會說：「這什麼莫名其妙的小說，看它幹什麼！」但一字一句、一行一段從書中讀到這個故事的人，卻在這不合理中，感受到一股衝擊，逼著你不得不想：亞瑪蘭塔到底為什麼這麼做？在感情的過程中，究竟是什麼領悟或執迷讓她做出決定的？

賈西亞．馬奎斯不讓讀者將這件事輕易當作不合理就放過，所以他再寫了一段亞瑪蘭塔的愛情，而且幾乎就是她和克列斯比故事的翻版，只是男主角換成了馬魁茲上校。馬魁茲上校在亞瑪蘭塔身邊，耐心地陪她編織，兩人彼此都感受到了愛情的存在，馬魁茲上校幾度對亞瑪蘭塔表達愛意，亞瑪蘭塔的回答是：「我們都過了那個年紀，不要說了。」她又拒絕了。兩次經驗，她都不是不愛那個男人，她拒絕了自己愛的人。

保有慾望的特殊方式

你們或許會有比較「寫實」而不那麼「魔幻」的解釋：算算，亞瑪蘭塔真的年紀不小，說不定都過更年期了，因此就算了，人生的愛情年代結束了。因為她老了，所以她拒絕了馬魁茲上校。但不對，小說不是這樣寫的，別忘了，就在她拒絕馬魁茲上校時，她跟她的姪兒約塞之間有著曖昧複雜的肉體關係。還有，後來她甚至勾引了她的曾姪孫呢！她絕對不是因為年紀大了，沒有肉體的慾望，所以拒絕了馬魁茲上校，用這種方式理解是不夠精準的。

若要稍微細膩精準一點，我們至少可以從亞瑪蘭塔兩次「不合理」的決定中，感受到一種人生特殊的恐懼。為什麼我們會受到震撼？因為我們或多或少都經驗過，要不是曾經看到觀察到，這種不容易描述、可能也不容易承認的恐懼。

那是什麼樣的恐懼？害怕夢想實現因而就失去了夢想可以帶來的滿足。亞瑪蘭塔藉由拒絕，來保留她對這兩個男人的慾望，或慾望狀態。慾望一旦獲得滿足，那就不再是慾望了，慾望的衝動必然會下降，換來空虛或幻滅。對亞瑪蘭塔來說，保有慾望這件事情遠比慾望被滿足更重要。這不見得是亞瑪蘭塔才有的古怪反應，不，很多人，包括你我，在面對真正巨大的渴望，一種可以將我們帶入「非常狀態」（altered state）的渴望時，渴望無法獲得滿足帶來的高度期待，讓人的精神狀態處在特殊的亢奮中，那麼相較於這亢奮的狀態，渴望的滿足與結果，非但不是高潮，還是反高潮。它終結了所有的這一切。

「魔幻寫實」鋪陳看似不合理的情節，卻能夠不讓我們產生「這在胡說些什麼！」的厭惡感，反而震撼了我們，觸動、撩撥了我們內在一些最幽微的情緒。亞瑪蘭塔就是這樣一個因不合理而充滿震撼能量的角色。她不合理地拒絕了克列斯比；她又不合理地拒絕了馬魁茲上校。不過這種不合理在我們心裡面，激起的是一種強烈的閱讀感受。她和姪兒約塞的關係也不合理，更不合理的是，她竟然還勾引了席甘多的兒子亞卡底奧。再熟悉這部作品和他們家族譜系的讀者，都得停下來屈指算算，才算得清楚，亞卡底奧比她小了三輩，是她的曾孫子輩的！

這在寫什麼！一個白髮蒼蒼的老太太，中間隔了三代，曾祖母跟曾孫子這樣的世代差距，兩人之間竟然會有性上面的慾望產生。這更不合理了。這和前面的不合理不一樣，誰會對這樣不合理的情節感到震撼，覺得幽微之處被觸動了呢？那又要如何看待這樣的不合理？這該是賈西亞．馬奎斯胡扯、可以算是小說家的失手了吧？

永恆的女性角色

倒也不盡然，至少我不會這樣斷言，我不會如此小看賈西亞．馬奎斯。我是從小說設計的角度來看待這段情節的。讓我們將亞瑪蘭塔和她媽媽易家蘭放在一起比較一下。這兩個人物是真正貫穿整部小說的角色。小說進行到最後，他們家繁衍到第六代了，易家蘭超過百歲，然後她開始縮小，愈縮愈小愈縮愈小愈縮愈小，到後來被她的孫媳婦放在口袋裡，每天帶著走來走去。她不死，她不會死。這當然又很「魔幻」，很不合理。賈西亞．馬奎斯為什麼要讓易家蘭超過了百歲，都還活著不死？探究這個問題，就能夠找到理解為什麼亞瑪蘭塔還會和曾孫輩的小男孩產生有性慾關係的線索。

基於小說結構上的理由，賈西亞．馬奎斯設計了兩位「永恆的女性」。她們是整部小說百年過程最重要的見證者，各自見證了不一樣的現象。易家蘭從家族的角度見證了百年來，一代又一代的男人反覆循環去做在她眼裡最愚蠢的事——一代又一代的男人出去打仗、殺別人或被別人殺——然後回到家裡。所有的男人最後一定要回到家裡，包括那個不是她生的長子亞克迪奧。

亞克迪奧死在外面，但他的血堅持穿過大街小巷流回到家裡來。生與死都發生在家裡，為什麼？因為要讓易家蘭見證。易家蘭是一個「永恆的家母長」（Matriarch）的角色，她以家族傳承的立場看著一代又一代的男人。

除了易家蘭之外，還有另外一個女性，亞瑪蘭塔，她也在見證這個家族，見證一代又一代男人的行為及其意義，只不過她是從性的慾望（sexual desire），從肉體的角度來見證這個家族。

易家蘭和亞瑪蘭塔，小說中的兩個核心人物，都是女性，這不是偶然。讀《百年孤寂》小說前面部分，我們很容易以為邦迪亞上校是主角，以為小說主要說的是他的生命、他的故事。但繼續往下看就會知道，真正得以貫串作品，經歷悠遊變化卻又保持不變的，是女性角色；相對地，小說中找不到一個貫串性的男性。男人的故事模式是一代結束，再來一代。這一代的變成痴呆，那一代的死掉、發瘋，然後再來一代墮落……。一代又一代的。

不斷重複的名字

最有趣也最明顯的證據，可以在中譯本添加的人物表中找到。第一代，被譯為「老邦迪亞」，但小說原文寫的是José Arcadio Buendía。第二代，老邦迪亞在外面私生的小孩亞克迪奧，原文是José Arcadio，他的名字前兩個字，和他爸爸的一模一樣。「邦迪亞上校」名字的原文是Aureliano Buendía，還好，他名字中有一個他爸爸沒有、他哥哥沒有的字Aureliano。那麼第三代呢？第三代的男人，一個叫作「阿克迪亞」Arcadio，另一個呢，叫作「約塞」Aureliano José。

再來，一個叫作Aureliano Segundo，一個叫作José Arcadio Segundo，中文翻譯把他們一個稱作「席甘多」，另一個叫「席根鐸」，但其實那都是Segundo。他們在原文本出現時，不可能只叫Segundo，那是無從分辨的，他們必須以全名出現——這個是Aureliano Segundo，那個是José Arcadio Segundo。到了第五代，那個男人叫作José Arcadio，中文譯成「亞卡底奧」；再下來，第六代，最後一個男人叫Aureliano，中文譯成「倭良諾」。

擺開中文為了方便讀者辨識所用的變化譯法，還原賈西亞·馬奎斯原本的寫法，我們就清楚了：從第一代到第六代，所有的男人，從頭到尾就只有這麼幾個名字。José、Arcadio、Aureliano、Buendía。小說中，賈西亞·馬奎斯明確提到了如此命名內藏的玄機。有一段講到了，和席甘多結婚的卡碧娥同意，要將他們的兒子叫作Arcadio，又是Arcadio。聽到這件事，易家蘭很有疑慮，在這個家族漫長的歷史中，一再出現相同的名字，足以讓她歸納：取名叫Buendía的很聰明，但做事想太多，畏首畏尾；取名Arcadio或Aureliano 的，衝動進取，卻帶有悲劇色彩。

易家蘭沒有講到Segundo，因為西班牙文中這個字已經很明白了，不需要她另外拿出來講。Segundo在西班牙文裡的意思，等於英文的the second，或是更平常的用法是junior，第二代的意思。而用在這個家族的系譜中，難免就加上另一層意思——repeat、again的意思，更明白說，就是「又來了」的意思，而且這層意思應該是強過於僅只用來標示第幾代而已。其實這個家族的男人，每一代都是Segundo，每一代都是「又來了」，同樣的男人又來了、又來了，不斷循環。這正是賈西亞．馬奎斯藉著讓這個家族裡男性的名字反覆出現，所要傳遞的重要訊息。

雙重的時間結構

形成強烈對比的，是小說中女人的名字。回到「人物表」，這回單看女性角色。最老的第一輩是易家蘭（Úrsula Igurán）。第二代，叫莉比卡（Rebeca）、莫氏柯蒂（Remedios Moscote）、亞瑪蘭塔（Amaranta）。第三代，匹達黛（Santa Sofia de la Piedad）。第四代，卡碧娥（Fernanda del Carpio）、美女瑞米迪娥（Remedios

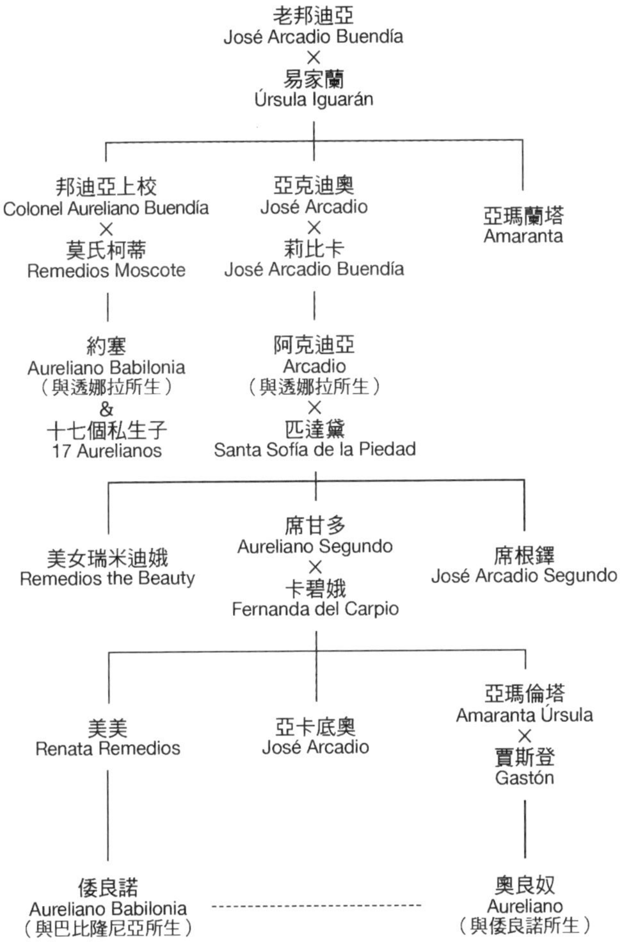

在《百年孤寂》的人物關係圖中，
可以清楚地發現書中男性角色的名字不斷反覆地、重複地出現。

the beauty）。第五代，美美（Meme）、亞瑪倫塔（Amaranta Úrsula）……女人完全相反，每個人都有自己的名字，很少和別人重複的。

女性角色中只有一個名字明顯重複的，那是第五代的Amaranta Úrsula，她的名字中結合了Úrsula和Amaranta，第一代易家蘭和第二代亞瑪蘭塔的名字，剛好就是我們前面提到，貫串、見證百年家族歷史的兩個女人。她是一個終結者。「百年孤寂」與家族歷史終結在她身上，所以會有這樣的名字。

這些名字全部都不是偶然的，都是有道理的。女人有各自的名字，男人卻一直不斷套襲出現過的名字，也就套襲同樣的個性與命運。

《百年孤寂》建立在雙重時間結構上，雙重時間由不同的性別來代表。男人為什麼都叫同樣的名字？因為他們的生命就是一直不斷地重來。所以，一個Arcadio死了，就再來一個Arcadio；一個José死了，就再來一個José；一個Aureliano死了，就再來一個Aureliano。一直如此反覆。那樣的生命從某個意義上看像是輪迴，一種無聊得近乎悲壯的輪迴。相對地，讀到一個女性名字，那個女人就清楚地跳出來，每個女人都是獨特的角色。就算兩個女人都叫Remedios，但其中一個就多了「美女」的固定稱號，成為Remedios the Beauty，加上那個黃蝴蝶繞飛的故事，我們無論如何不會把她和另一個Remedios搞混。

每一個女性角色都清清楚楚、明明白白。亞瑪蘭塔就是亞瑪蘭塔，她一出現你就知道，她又要談一次戀愛，愛上一個人然後再拒絕他。易家蘭更不可能混淆，她就是那個媽媽，後來變成祖母，變成永恆的家母長，你會搞不清楚邦迪亞到底是老的那個還是小的，還是更小的？可是你絕不會認錯易家蘭，她就是她，她和亞瑪蘭塔幾乎就是永恆時間的代表。弔詭的「永恆時間」，她們都不斷在老化，可是即使老化了，她們的生命不會終結，她們一而再、再而三地目睹她們的男人做同樣的事，一而再、再而三地和她們的男人發生同樣的關係。

女性書寫下的陰性時間

《百年孤寂》在一九六〇年代寫作，在一九六八年出版，賈西亞．馬奎斯當然沒有辦法預見後來西方思想與文學潮流的重要演變。他不會知道七〇年代之後，波瀾壯闊的女性主義運動，和眾多女性主義的思考與主張。然而今天經歷了女性主義、「女性書寫」潮流洗禮後回頭看，竟然《百年孤寂》在女性主義崛起之前，已經放置了許多可以和後來的女性主義觀念對話的內容。

女性主義者如依瑞葛來（Luce Irigaray）[2]或西蘇（Hélène Cixous），[3]她們最在意的一件事，也是她們重要的貢獻，就在於建構「女性書寫」。她們成功地主張了，有一種「女性書寫」或「陰性書寫」（Ecriture Feminine），[4]那並不單純只是出自女人手筆的東西，而是在形式或精神上，具備著與過去強勢、主流的「男性書寫」很不一樣的特質。

有很多女人寫的不是「女性書寫」，她們自覺或不自覺地被以男性定義的方式在寫作，只能將她們的「女性特質」藏在表面迎合男性價值的文本之中，以弦外之音（sub-text）的方式存留。像喬治・桑（George Sand），[5]刻意作男裝打扮，又刻意以男人的名字寫作；還有喬治・艾略特（George Eliot），[6]躲在男性化的筆名後面，不讓人家知道她是個女人。

女性主義者持續挖掘，而且愈挖愈多、愈挖愈深，看看那些主流的書寫價值中，到底有多少東西是和性別有關的。這套與性別密切相關的書寫習慣、書寫價值，或者直接說「書寫霸權」，在女性作者手中產生了一些什麼樣的變化？她們進而建構了一套關於「女性書寫」複雜且細膩的論述。

女性主義者討論「女性書寫」、「陰性書寫」時，經常提到「陰性時間」。為什麼會有不同於男人的「女性書寫」？關鍵因素就在女性有女性的身體，帶來了不同的女性時間感受。女性生命中有一份切身的循環經驗，是男人永遠不會有，永遠無法體驗的，那就是月經，更重要的是月經所帶來的一種崩壞、再生、期待、孕育到從頭來過的循環。

女性主義者，尤其是法國的女性主義者，提出了許多文學、書寫上的證據。在女性的筆下，時態很自然地被混淆了，乃至於失去了原本文法上預設的線性時間性質。那是「陰性書寫」重要的印記。女性活在一個不斷反覆、周而復始的時間環境中；相反的，男人就是拚命往前衝，有起點也有終點，由起點朝終點去，衝到了終點一切就結束了。男人的時間是線性的，因而男人所見所經歷的，都必須置放進這個線性座標裡，和過去及未來相比較。女性的時間沒有起點也沒有終點，一直不斷地巡迴，她們會看到不同的風景。

必然頹敗的線性時間

女性主義者這樣的性別時間主張，和賈西亞·馬奎斯在《百年孤寂》書中所建構的互相呼應。賈西亞·馬奎斯當然不是一個女性主義者，他絕對是一個大男人，但這個大男人在碰觸女性愛情時，有他可愛的地方。很難有別的男性作家，甚至也不容易找到有幾個女性作家，可以寫得出亞瑪蘭塔這樣的角色，如此激烈的愛情與慾望，激烈到以拒絕自己慾望的滿足作為愛情最純粹的形式。她只拒絕她愛的人，她必定拒絕她愛的人。

賈西亞・馬奎斯還有一部重要的作品叫《愛在瘟疫蔓延時》（*Love in the Time of Cholera*），寫了綿延幾十年，近乎天長地久的愛情。那又是一個不合理卻讓人不能不感到震撼的故事。這份愛情有一種特殊效果，可以把所有不相信愛情、硬心腸的人，予以軟化。讀者會被軟化，因為小說裡的角色已經先被軟化了。賈西亞・馬奎斯寫出了一部很軟很軟，而且具備高度軟化力量的小說。還有我自己很喜歡的短篇小說集《異鄉客》（*Strange Pilgrims*），讀了你就明白這個人心中其實是充滿柔情的。

《百年孤寂》小說裡的兩種時間感，與其說挑戰或否定女性主義者的「陰性書寫」主張，還不如說是改由不同個角度補充、甚至證實了女人的強度。《百年孤寂》裡鋪陳的男人的循環時間，從另外一個角度看，正是來自於男人線性時間必然造成的頹敗。男人無法在自己的生命歷程中返回原點。他的原點是什麼？他的原點就是他的身分（identity），就是他的名字。一個Arcadio從這裡出發，衝出去了，他不會回來了，一直衝衝衝，到對面的點上，這個Arcadio就沒了。只能從原點再長出另外一個Arcadio，順著前一個Arcadio的路再出去，但又沒了。

José或Arcadio或Aureliano或Buendía的一再重來，是男性線性發展、線性時間產生的一種虛幻。正因為你永遠回不到原點，所以你就只能開始、茁壯、衰敗、死亡，再由下一代，別的男性重新來過。女人就不是這樣。女人的生命有著奇特的韌性，她永遠在那裡。易家蘭永遠在那裡，亞瑪蘭塔永遠在那裡，接納領受了一代又一代男人從外面帶回來的挫折、悲哀、傷害。她們為什麼能夠承受？因為她們的時間本來就無始無終，所以她們可以承受。她們比男人更恆久，比男人更堅韌，比男人更強悍。

表面上看，或膚淺地看，女性留在家裡，是旁觀者，男性出去外面，是行動者。的確，所有的事件都是男人搞出來的。男人很忙啊！看看邦迪亞上校，發動三十二次戰爭，在這個過程中，還生了十七個私生子，而且依照他自己的認知，應該還有好幾倍不知道流落在哪裡的更多私生子。男人一直在動，永遠都在行動，小說裡如此記錄了，但是小說家卻給了這些行動者類似、同樣、反覆的名字，讀得我們頭昏眼花，到後來都搞混了。

沉溺在幻想中的男人

搞混了，分不清哪件事是哪個男人做的，恐怕不是我們讀者的問題，而是賈西亞．馬奎斯設計讓我們掉下去的陷阱。讀者頭昏眼花混淆了，結果是：我們不會視任何一個男人為hero。Hero這個字有雙重意思，是「英雄」，也是戲劇或小說中的「主角」，而不管是英雄或主角，都必須要有突出的個人性或個別性（individuality），和別人顯著不同的特性。然而邦迪亞家族的每一個男性都像是其他男人投胎轉世，甚至只是其他男人的重疊幻影而已，他們要如何當英雄、當主角呢？

男人的行動混淆了，我們就能進一步體會：究竟他們做了什麼？從一開始，賈西亞．馬奎斯就決定了，這些男人不是真正在行動，男人毋寧是沉溺在自己的行動幻想裡的，他們才是真正的幻想者。只不過他們的幻想用行動作為藉口撐持著，以至於他們無法承認自己在幻想的事實。

為什麼說「從一開始就決定了」？回想看看小說的開頭，那個如此迷人的開頭，老邦迪亞認識了這個世界，有一天他發現地球和橘子一樣是圓的。他覺得很了不起，自己竟然發現了這件事。因為相信地球是圓的，他就打算一直往東走，繞地球一圈。往東走不方便，改而往北走，結果陷入了叢林中，找了半天都找不到路。闖啊闖，闖到了海邊，看到一個統統被水包圍的鬼地方。然後他回來了。

我們不該忘記他的這次冒險行動。老邦迪亞是馬康多的領導，他帶著人去冒險，然後迷路了，沒有真正找到外面的世界。終究是誰讓馬康多和外界取得聯繫的？不是老邦迪亞或邦迪亞上校。而是後來亞克迪奧跟著馬戲團走掉了，媽媽易家蘭跑去追他，易家蘭失去音訊很長一段時間，當她回到馬康多時，把外面的世界給帶進來了。

老邦迪亞找不到的路，易家蘭找到了。這兩人間最大差別是什麼？老邦迪亞象徵、代表他們邦迪亞家族所有的男人，他們都幻想自己在行動，可是幻想本身遠比行動重要，或者說幻想本身才是讓他們耽溺，使他們活下去的動力，不是行動，更不是行動所帶來的結果。他們的行動結果不是少得可憐，就是曖昧可疑。

邦迪亞上校一輩子在行動，經歷三十二次戰爭，面對過行刑隊，有一次被下毒，但沒有毒死。這些反覆的敘述，意味著什麼？他的功勳與成就嗎？應該不是，這些敘述其實比較像是給讀者的檢查表（check list），可以在每一項行動後面畫一個方框框，一項項檢驗其成果，有成果的打勾，沒成果的打叉。咦，怎麼那麼多叉叉啊！

在旁觀察見證的女人

他最大的功績，真正最了不起的作為，不是挑起戰爭，那三十二次戰爭其實都不算數；他最終讓我們覺得他不失為一個勇者，是因為他接受了馬魁茲上校的想法——戰爭是沒有意義的，所以我們這些挑起戰爭的人，應該去終結戰爭。這個時候的邦迪亞上校是最光輝的、最勇敢的，因為他面對自己行動的幻想，而稱之為幻想，不再稱之為行動。他最墮落的時候，作為一個殘暴的統治者時，也就是他把所有的幻想都看作行動，以革命行動之名去做盡一切壞事的時候。

邦迪亞上校老了之後做什麼？他做小金魚，反反覆覆做了再摧毀，做了再摧毀。這不是簡單的英雄末路，曾經有過輝煌功績的人老了退休了，沒事找事做。小金魚是他一生的整體象徵。他過去所做的每一件事情，和後來做小金魚是完全一樣的，不管做的是什麼，都是做了又再把它摧毀，再做、再摧毀，再做、再摧毀。

It comes to nothing！小金魚甚至不只是邦迪亞上校的象徵，還可以擴大為整個邦迪亞家族男人們的象徵。他們全都沉溺在行動的幻想中，依靠對於行動的幻想，錯覺自己做著、成就著而活著。可是到後來，他們的生存都覆蓋上了一種幽靈般的空虛，如同幻影，因為他們的行動是假的，因為他們的行動本來就是幻影，他們的行動方生方滅，沒有留下什麼。

對照那些在旁邊觀看的女人，她們沒有什麼行動啊！極少數的例外——像是易家蘭離家那一次——告訴我們，她們反而具備了強烈的行動企圖。易家蘭要行動，就會得到結果。她這個人是不允許行動沒有結果的，她沒有任何幻想。易家蘭沒有幻想過任何事。這些女性在一旁觀察、見證，因為有她們的觀察，因為有她們的見證，暴顯了邦迪亞家族這些男性成員們無從掩飾、逃躲的虛幻。

不同尋常的家族史詩

《百年孤寂》寫的是漫長時間中一個家族的發展變化，經常拿來和「家族史詩」（Saga）[7]相提並論。Saga寫的，是家族中一代又一代的豐功偉績，每一代都對家族的壯大有所貢獻。Saga的敘述當然是從第一代滔滔不絕往下講，不會像《百年孤寂》那樣跳躍。不過其實我們也大可以對《百年孤寂》做一番整理，將《百年孤寂》各代的時序排列出來，再以Saga的精神整理每一代對這個家族的貢獻，例如說：第一代老邦迪亞是一個追求知識的人、一個冒險的人。因為他追求知識，因為他冒險，所以他能夠帶出第二代邦迪亞上校，一個有原則的、願意為人民犧牲的戰鬥者。因此而有了第三代、第四代。每一代都有他的成就，每一代都承襲了上一代某一些好的東西，而把它發揚光大。這樣就寫成了一個Saga。

可是我們知道，賈西亞．馬奎斯不是這樣寫的。他寫的家族故事和Saga有著根本的差異，最大的差異就在那些女性角色。所有事情發生時，都有女人在觀察、在見證、在記憶著。第六代的男人或許想說：「我前面的這些祖父曾祖父高祖父樹立了多少典範成就啊！」但他說不出口，他甚至無法如此相信，因為那個第一代的高高祖母還活著，還在持續記憶著。她會毫不客氣地說：「你別在這裡放屁，明明就不是這樣！」女人是見證者。她們不是來見證男人的豐功偉績的，而是誠實地見證了男人的虛幻、男人的徒勞。

男人的時間和女人的時間，如此雙重結構撐起這部小說，也就帶出了許多值得讀者一邊讀一邊思考的題目。例如一個題目是：賈西亞·馬奎斯不會也不是將這雙重結構寫的跟我講得一樣機械、簡單，一邊是男人的時間，另一邊是女人的時間。在這個架構上，有著各式各樣的扭曲變化，讓男人的時間穿透進女人時間，有時候回頭讓女人的時間去破壞男人時間。我們可以在文本中找到許多趣味或驚人的時間感交錯之處。

又例如還有一個題目，抱持著不同時間感的男人和女人，如何產生他們的感情、心靈與肉體關係？也可以換一個方式問：男女之間的關係，愛、性與親族，放進這種二元時間架構中，會發生什麼樣的變化？《百年孤寂》裡寫了很多性與愛，那都不是為了娛樂讀者，增添小說「可讀性」的，而是有其本身重要、近乎莊嚴的意義。

1 參見志文版《百年孤寂》的〈代譯序〉。

2 依瑞葛來　當代最富盛名的法國女性主義哲學家之一。一九三二年出生於比利時，著有：《此性非一》（*This Sex Which Is Not One*），桂冠出版。

3 西蘇　法國女性主義作家，出生於一九三七年。

4 陰性書寫　依瑞葛來、西蘇與克莉斯蒂娃（Julia Kristeva）所提出的概念，她們認為父權文化與象徵秩序是一種有等級位階的思考方式，透過這種男性自我凝視的方式，將女性建構成為象徵差異的他者，也經由二元對立的方式，合法化其對女性的支配關係。西蘇指出，女性在社會脈絡的建制下，遠離了自己的身體與欲求，唯有透過陽剛的男性語言才能表現自己，而陰性書寫是現代的女性再現方式，藉由身體經驗的書寫、歇斯底里和男人眼中的瘋狂，呈顯女人的自由律動。參見《關鍵詞200》。

5 喬治・桑　一八〇四年七月一日—一八七六年六月八日。十九世紀法國著名女作家，本名為歐羅拉・杜龐（Aurore Dupin），喬治・桑是她的筆名。

6 喬治・艾略特　一八一九年十一月二十二日—一八八〇年十二月二十二日。十九世紀英國著名女作家，本名為瑪麗・安（Mary Ann），喬治・艾略特亦為其筆名。

7 Saga與其他小說的不同在於，第一、具有濃厚的歷史意味，故事的背景往往設定在變動劇烈的歷史大時代；第二、敘述以一位主角或一個家族為中心主軸，用主角或家族連貫的經歷鋪陳過去的社會面貌；第三、以較多篇幅處理社會背景與當時日常生活中的種種細節；第四、其敘事綿綿不絕，好像和時間一般永續不斷，發展成為特大號的超級長篇小說。相關討論參見〈歷史大河中的悲情〉，收入《霧與畫：戰後台灣文學史散論》。

第六章

從上帝之城到人間之城的轉向

「解放神學」建立了一套現實的、入世的、在世的神學，「上帝之城」的重要性應該低於「人間之城」，逆轉了「上帝之城」和「人間之城」的重要性，讓拉美的知識界從對蘇聯的幻想中清醒過來，開始進行左翼理論的在地化。

這就引導出另外一個根本問題——什麼是解放？要從什麼樣的力量、制約或枷鎖中解放出來？

這是賈西亞．馬奎斯寫作《百年孤寂》時的重要歷史背景。

我看過《百年孤寂》的一個中文譯本，封面上最大的字當然是書名，然而次大的字，卻不是作者賈西亞．馬奎斯的名字。有兩行字比賈西亞．馬奎斯更大更醒目，顯然出版社覺得這兩行字對讀者的號召力勝過賈西亞．馬奎斯。一行掛在賈西亞．馬奎斯的名字上面，是「一九八二年諾貝爾獎得主」；還有一行，在書名底下，是「空前暢銷的現代文學傑作」。

「空前暢銷的現代文學傑作」，雖然是宣傳用語，但卻難得同時是事實。從一九六八年出版到現在，這本書至少在全世界賣了五百萬冊，這當然是一本超級暢銷書，而且還是一位諾貝爾文學獎得主寫的書！

暢銷背後的社會理由

長遠來看，很多現代經典都賣超過五百萬冊，《資本論》、《夢的解析》、《物種起源》、《卡拉馬助夫兄弟們》、《戰爭與和平》，一定都超過這個數字。重點在於《百年孤寂》出版當下創造的熱潮，它不是費了一百年時間賣掉五百萬冊的，它一出版上市就變成大話題，立刻成為百萬暢銷書。

這樣的暢銷程度，不是小說本身的內容可以全然解釋的。優秀的、偉大的作品可以單靠自身的力量創造一種永恆的價值，但它無法獨立地創造流行（popularity），短時間內就在一個地方賣了超過百萬本的書，其背後一定有社會性的理由，將一本書塑造成一個現象，甚至是一個運動（movement）。

讀《百年孤寂》，我們應該同時要關注「二十世紀中拉美時代的興起」或「二十世紀中拉美時代的到臨」，這樣的特殊歷史背景。在台灣，因為受到兩岸形勢的牽連影響，我們對「第三世界」覺得很陌生很疏遠，因而不太感受得到「二十世紀中的拉美時代」的巨大衝擊。

但台灣絕對是個特例，我們是少數自外於這波潮流的地區。我們可以拿中國大陸來對照台灣對「拉美時代」的疏離。

從一九四九年「解放」之後，中共在大陸創建了一個很可能是人類歷史上空前的社會——基本上長達三十年沒有文學的社會。能夠擋住、綁住，讓幾億人口的社會在三十年間沒有像樣的文學作品，這真不是件容易的事情，可見中共的控制多麼可怕！然而，就連中共都不可能一直阻止文學的出現。

「文化大革命」結束後一陣子，「傷痕文學」就冒出頭來，然後經歷一九七九年的「改革開放」，到了八○年代中期，中國大陸竟然就產生了一波壯闊的文學浪潮，產生了許多讓人眼睛一亮的作家與作品。

「後文革」的文學成就，關鍵就在於走了一條「中國式魔幻寫實」的道路，再往後推，關鍵也就在於中國受到了「拉美時代」的衝擊，引進了拉美文學的養分，所以能夠找到「魔幻寫實」的技法，運用「魔幻寫實」來書寫既荒誕又驚悚的文革經驗。

再看看美國。八〇年代後期，我到美國留學，在美國頂尖的學術書籍書店，一定可以找到三個書架，是和拉丁美洲關係密切的。在人文（Humanity）書區，會有一架是擺放「解放神學」（Liberation Theology）的書的。另外，在社會科學（Social Sciences）書區，會有一架擺放「發展理論」（Development Theory）或是「依賴理論」（Dependency Theory）的書籍。而在文學（Literature）的那排書架上，會獨立出一個書架，標示著「魔幻寫實」（Magic Realism）。

這三樣東西，都來自拉丁美洲，而且彼此扣連。正因為有這三股思潮先後湧動，在賈西亞．馬奎斯寫出《百年孤寂》之前，就為拉丁美洲的知識界，甚至為一般閱讀大眾做好了準備。《百年孤寂》的出現，剛好擊中了這波思潮流中幾根最敏感的神經，乘著這波浪濤，才讓《百年孤寂》立即暢銷。

《百年孤寂》一出版後就成為了暢銷書，其背後有其社會性的理由，將這本書塑造成一個現象，甚至是一個運動。

因而，要解釋這個現象，就不能不稍微回溯地談談五〇年代、六〇年代為什麼會有「拉美時代」的到來，構成「拉美時代」的幾個思潮到底是什麼？彼此之間又有什麼樣的關係？

代表人類未來的蘇聯

讓我們稍微拉開一點講，從一九五三年講起。一九五三年是史達林去世的那年，也就是蘇共接班，經過一番鬥爭後，赫魯雪夫上台的那年。赫魯雪夫上台後沒多久就開始清算史達林。赫魯雪夫清算史達林的訊息，要再經過一段時間，才傳到中國，然後又從中國傳到西方。不過這件事在蘇聯內部，乃至華沙集團國家中，早就發酵了。

赫魯雪夫清算史達林，將史達林迫害共產黨內同志的血腥手法予以批露，對西方左派產生的打擊，可能勝過在共產黨陣營內的影響。自從一九一七年蘇聯革命之後，歐洲與美國一直有一個左翼知識分子的傳統，他們深信蘇聯革命建立的共產社會，展現了未來人類世界的一種可能性，並藉蘇聯的經驗來對照批判西方體制。

例如說英國小說家威爾斯（H. G. Wells）[1]曾經去訪問蘇聯，見到了史達林，史達林跟他說了一大串蘇聯的優點，平常在英國那麼聰明那麼機靈的威爾斯，竟然耐心、專心地聽完了史達林的話，點頭表示認同說：「貴國的確很好，唯有一個小問題，在你們這裡好像不太聽得到什麼批評的聲音。」威爾斯是從自由主義的立場規勸史達林：你們的社會應該寬容批評者與批評言論。

史達林立刻回應：「你不要搞錯了，我們的批評精神比你們的還要嚴厲，因為你們都是去批評別人，我們卻是自我批評。自我批評比批評別人更難，自我批評比批評別人更加嚴格、更加難得。」這樣被史達林搶白一頓，威爾斯竟然啞口無言，點頭如搗蒜。

為何聰明的威爾斯看不出史達林的詭辯？他非但沒有當場反駁史達林，回到英國後還寫文章大肆宣傳史達林的「自我批評論」，認為史達林指出了西方民主自由的一個盲點：西方認定的自由是去批評別人的自由，但真正的批判精神應該是自我批評的才對，看看蘇聯社會人人都在進行自我批評，多麼了不起！

怎麼會頭腦壞掉到這種程度？因為威爾斯在出發去蘇聯之前，就和西方左傾的知識分子一樣，先入為主地相信在蘇聯所發生的事，代表了人類的未來。去蘇聯，幾乎就是去拜訪人類的未來。寫《時間機器》（*The Time Machine*）的威爾斯當然很關心人類的未來。去到蘇聯時，他心中無法將蘇聯社會和西方社會放在同樣的判準下衡量，而是先入為主地感覺到發生在蘇聯的事，一定是對的，至少一定是有道理的。所以他不會想到：所謂自我批評不過就是不准別人批評權威的一種藉口罷了。他不會這樣去想，他認定那裡發生的任何事情，都會和發生在英國的不一樣。

史達林成功地維持了這個蘇聯社會的神話，中間還經歷了第二次世界大戰，幾十年的時間中一直有許多西方知識分子相信：蘇聯社會是人類未來的指標。蘇聯、蘇共面對西方的基本態度是：在我們這裡先部分地實現了人類未來社會——共產主義社會——的可能性，多麼可惜啊，你們卻還活在前一個階段——資本主義社會——腐敗不義的生活裡，你們為什麼不也邁進來、靠過來呢？喔，原來是因為你們那些代表資本階級利益的國家害怕這樣的發展，所以他們會反對我們，也會阻止你們靠近我們。

赫魯雪夫與索忍尼辛

第二次世界大戰給史達林更有利的宣傳機會。希特勒發動的德國大軍，那足以席捲全歐洲的巨大武力，畢竟沒有打敗蘇聯，甚至連列寧格勒的圍城戰都沒有打贏。蘇聯的地位更高了。雖然二次大戰之後，形成了美蘇對抗的冷戰結構，然而在歐洲一直還有眾多的知識分子，保留著對蘇聯的信心。即使是來自蘇聯的負面訊息，他們都會將之解釋為資本主義體制的醜化、扭曲，要不然就是人類為了邁進一個新的領域、一個新的境界，所必須付出的階段性轉換代價。

赫魯雪夫對於史達林的清算、揭露，關鍵的重點在於：這百分之百不是美國人在造謠、醜化蘇聯與蘇共，而是來自當家的新蘇聯最高權力者，給大家看史達林的統治真相。赫魯雪夫甚至在共黨大會上公開表揚寫《伊凡·傑尼索維奇的一天》（*One Day in the Life of Ivan Denisovich*）的索忍尼辛（Aleksandr Solzhenitsyn），[2]他要利用索忍尼辛和索忍尼辛的作品，來控訴史達林統治時期的集中營惡政。

索忍尼辛後來又寫了篇幅更大、面向更廣的《古拉格群島》（*The Gulag Archipelago*）。「古拉格群島」不是一個「群島」，甚至不是一個地理名詞，你不會在蘇聯地圖上找到一個叫「古拉格群島」的地方。古拉格（Gulag），是俄文中「政治改造集中營」的縮寫，「古拉格群島」指的是分布在蘇聯境內各處，為數眾多的「政治犯改造集中營」。赫魯雪夫要利用索忍尼辛的作品，暴露史達林的殘暴，來和史達林劃清界線。

不過赫魯雪夫後來反悔了，因為他理解到「古拉格群島」還真有用，他還需要運用「古拉格群島」來協助鞏固、維持自己的政權。暴露了「古拉格群島」，使得他很多事不能做了，最終導致他很快在黨內被鬥爭下台。

赫魯雪夫後悔不及，來不及挽救自己在蘇共的地位，更來不及挽救蘇聯和西方左翼知識分子的關係。赫魯雪夫投下的震撼太大了，沒有人能夠再相信蘇聯代表人類未來美好的一面，或者說，沒有人能夠繼續這樣相信而不被嘲笑嘲弄的。法國共產黨的大分裂，義大利共產黨的沒落，都跟這件事直接有關，也包括英國共產黨和工黨之間的勢力消長。

西方左派非得在這件事上採取立場不可：到底史達林是或不是個壞蛋？但這立場多難選擇啊！承認史達林是壞蛋，就表示自己過去講的話，全都是錯的，自己打自己的耳光，原來幾十年都被史達林騙了。如果不承認史達林是壞蛋，那就表示，你竟然到現在都還沒有醒來。

西方左派的在地化

在這樣艱難尷尬的處境中，逼出了重大的潮流變化——那就是一九五〇年代後期開始，西方左翼夢想的「在地化」。

之前西方左翼的夢想，都以蘇聯為依歸。在國際共黨世界革命的意識形態領導下，這些知識分子思考的導向，總是如何在我自己的國家建構一個蘇聯式的社會主義天堂，或至少是創造通向蘇聯式共產主義社會的有利條件。這原本是他們共同的取徑。既然他們相信蘇聯已經成功了，那麼目標當然就是複製蘇聯革命的經驗，在各國引發一場場的革命，走上和蘇聯一樣的道路。

然而，幻影破滅了，像史達林那樣的政權，怎麼會是成功的典範？怎麼會是值得模仿的對象呢？赫魯雪夫拿出來的資料充分證明了，蘇聯長期處於極權邪惡的政治狀態下。原本相信蘇聯的人有的因而轉彎、轉向，徹底否定共產主義、否定左派，變成最保守的保守主義者。

但還有一些跳不過去，要繼續留在左派陣營的人，他們就必須進行自我思想改造。最重要、大概也是唯一可行的改造方向，就是停止夢想蘇聯式的社會主義天堂，停止追求複製蘇聯式的革命。真正該做的事，是分析自己國家社會的當前狀態，規劃設計出超脫資本主義原有架構，朝向下一個階段去的路徑。這就是左派理論在地化。

左翼知識分子必須覺悟：不能再照抄蘇聯的教條，不能再一廂情願地看待蘇聯式的共產革命，必須換一個角度反省自己的資本主義社會。願意如此思考的人，就形成了另一條道路，他們將自己稱為「新左派」（New Left），[3]和「老左」區分開來。「新左」和「老左」最大的不同，就在於面對蘇聯共產黨和共產國際的態度上，「新左」不再以蘇聯共產黨馬首是瞻，他們要走自己獨立的路。

反抗美國的可能性

一九五三年史達林去世，接著赫魯雪夫清算史達林，這事件也強烈影響了拉丁美洲。為什麼呢？一八三二年開始，西班牙和葡萄牙這種老式的帝國主義殖民主，就被從拉丁美洲趕出去了。但是拉丁美洲卻沒有因此真正獨立自主，更沒有能脫胎換骨成為現代民主國家。關鍵在於把西班牙、葡萄牙勢力趕出去的，是美國的「門羅主義」，美國要將拉丁美洲變成自己的後院。美國是沒有帝國主義之名的實質帝國主義者，它以殖民主的姿態，駕凌在拉丁美洲之上。

因此，從一八三二年之後，拉丁美洲的命運中就增添了一個重要的部分——如何反抗美國？拉丁美洲本身，並不具備反抗美國的實力，然而被這個恐怖的北方鄰居壓得喘不過氣來時，拉丁美洲的人民至少可以做一件事——不斷地思考、設計反抗美國的可能性。思考反抗美國的可能性，也就必然將拉丁美洲帶向美國最大的敵人——蘇聯，讓拉丁美洲普遍對蘇聯產生好感、產生幻想。

正因為它是美國的後院，拉丁美洲擁有眾多的蘇聯支持者。他們支持蘇聯，其實並不是因為對蘇聯有什麼真正的理解與直接的經驗，而是來自於他們投射對美國的反感，希望藉由拉攏蘇聯來對抗美國。可以理解的是，拉美的知識分子，甚至一般民眾也就自然地接受了從四〇年代後期一直到五〇年代前期，對蘇聯刻意的夢想美化。蘇聯的所有東西都是好的，蘇聯是革命的老大哥，更重要的是，他們願意相信有一天蘇聯會從美國手中將他們解救出來，讓拉丁美洲擺脫美國，進化到蘇聯般的共產主義天堂。

那個時節，拉丁美洲的人感到生活悲慘時，自我安慰的方式就是：「再忍耐一下，也許有一天，我們也可以變成像蘇聯一樣那麼好」。史達林死了，赫魯雪夫清算史達林，把腥風血雨、最骯髒最可怕的事實暴露出來，也就摧毀了拉丁美洲懷抱的這份幻想。

賈西亞・馬奎斯屬於經歷這個變化過程的一代。他曾經去到東歐旅行，然後從東歐轉入蘇聯，回來後，將在蘇聯的所見所聞寫成文章。文中描述他在蘇聯碰到的人，每一個都很友善、很親切，然而每一個友善親切的人都飢渴地想知道：蘇聯以外的世界究竟長什麼樣子。文中還有一句神來之筆：「在這個我想像中的新世界裡，一個新的天地裡，到處充滿了舊東西。」他在蘇聯人的生活中，看不到任何新東西。馬桶是舊的、門把是舊的、屋子是舊的、街道是舊的，為什麼想像中的新天地，一個剛打造好的一個天堂，所有東西都是舊的呢？他又在文中說：「蘇聯人民平常餓肚子，沒有東西吃，但是光是聽到政府告訴他們說，火箭發射成功，他們就可以發胖。」這樣的文字，與其說是「魔幻寫實」的句法，毋寧更接近是反諷吧！

這篇文章發表後，幾位拉美的左翼朋友，憤而和賈西亞・馬奎斯絕交。這些朋友和賈西亞・馬奎斯最大的差別，就在如何看待赫魯雪夫對史達林的清算。賈西亞．馬奎斯受到這事件的影響，已經不怎麼相信蘇聯是天堂了，所以他會如實地看到所有這些舊的、過時的東西。其他的那些朋友沒辦法那麼快放棄原來的信念，在他們習慣的價值中，批評蘇聯就等於替美國人宣傳，是嚴重的背叛行為。

但這些和賈西亞．馬奎斯絕交的朋友，也不可能繼續安穩地活在舊信念中。在和賈西亞．馬奎斯絕交時，他們同時也必然受到了他描述的蘇聯現實的衝擊。拉美左翼知識界瀰漫著一片信仰危機的氣氛。在這場信仰危機中，掙扎產生了一個新的信仰——那就是「解放神學」。

理性與信仰的矛盾結合

「解放神學」的基礎當然是拉丁美洲強大的宗教體制。天主教由西班牙人、葡萄牙人帶進來，很快地在當地生根，籠罩了拉美人的生活。在拉丁美洲，不只到處是教堂，而且日曆都是按照天主教繁複的儀式來安排的。他們不在意今天是十二月十二日還是十三日，真正有意義的是今天是「聖彼得日」，或「聖彼得日後一天」。日曆上標記得最多的，是由教廷封聖的聖人名字，和他們的生日或受難日。教會儀式規範了生活節奏，進一步定義了集體的時間感。不管左翼、右翼，活在拉美社會，就必須、只能活在這樣的教會時間意識中。

「解放神學」是個奇怪、矛盾的名稱，「解放」是左派的固定用語，「神學」卻又是最古老、最保守的一門學問。不過換個角度，從左派思想的演化過程看，我們會發現，這種矛盾其實早就埋在左派立場底下。左派追求進步、解放，馬克思主義還宣稱自己是「科學」，看上去好像與理性、現代性緊密連結，但他們夢想的社會目標，以及構造夢想的方式，卻往往極度非理性，比較像是不容懷疑、不容挑戰的絕對信仰。信仰本身是固定的，不容否認，只有在現實和信仰有所衝突時，提供解釋——這不就是傳統「神學」的功能嗎？

例如說，相信蘇聯是天堂，是人類的未來，這樣的信仰其實不就很像天主教的教義嗎？不就將我們帶往聖奧古斯丁（Aurelius Augustine）[4]嗎？聖奧古斯丁在基督教教義上，有兩大貢獻。他的第一項貢獻是寫了《懺悔錄》，表白一個敗德墮落的人如何找到上帝，從此脫胎換骨，化身為最虔誠的主教。他如此勸大家，不必因為自己現在很壞，就放棄救贖的希望；發現上帝、相信上帝，永遠不嫌太晚。

聖奧古斯丁的另一項貢獻是在他的另一部重要著作《上帝之城》中，提出了

「人間之城」（City of Men）與「上帝之城」（City of God）的對比。他說明了，人真正的歸宿不是當前所在的「人間之城」，而是在於「上帝之城」。相較於「上帝之城」，「人間之城」是其次的、空虛的、庸俗的、墮落的，只有離開、擺脫「人間之城」，人才能進入「上帝之城」。

「解放神學」卻是以「天堂不再」為前提，以「上帝之城」的幻滅為開端的一種新思考。思考方向的大轉彎，當然和赫魯雪夫鞭屍史達林造成蘇聯形象瓦解有關。「解放神學」核心意義在於重新思考上帝信仰的基本價值，它運用的重要手段，則是改寫、重寫耶穌基督的故事。

無罪受難的耶穌基督

請大家跟我快速地回顧一下耶穌基督的故事，我絕對不是要在這裡傳教，但耶穌基督的故事對大家看待《百年孤寂》，尤其對其中與宗教信仰有關的部分，有必要的關聯。

基督教，不論新舊教，都以耶穌基督為中心。耶穌基督是上帝的兒子，卻以瑪麗亞處女生子的方式降生在人世。自從亞當和夏娃被趕出伊甸園，人身上就帶了原罪，一路墮落，和聖靈、聖體愈隔愈遠。當人已經遠離伊甸園時，上帝再發了一次慈悲，將他的兒子耶穌基督送到人間，代替人類「無罪受難」，他是個完全無罪的人，身上連原罪都沒有。

任何一個人今天走出去，突然之間跌了一跤，跌到一個坑裡，跌得頭破血流，他可能會說：「我為什麼會碰到這種事，我又沒做錯什麼！」抱歉，從基督神學的角度來看，他沒有資格講這話。因為他是一個人，他的祖先悖逆了上帝，被趕出來，就註定了他是個罪人，他在生命過程中遭受任何折磨，都不是無辜受罪。

耶穌基督是上帝之子，這個身分保證了他完全無罪。上帝把他的兒子送到這個世界來，他完全清白、完全無罪，卻受了這麼多折磨，折磨到他幾度呼喊他天上的父：「你為何如此對待我？」耶穌不是因為自己受難，而是為了給世人一條重回伊甸園，重尋救贖的道路。「無罪受難」是洗滌，是昇華。

當然不是說耶穌基督被釘上十字架受難之後，人就統統都可以回到伊甸園，也沒那麼容易。而是說，人類的歷史本來是從亞當、夏娃、亞伯拉罕，就一路愈來愈下降，愈來愈墮落，一直墮落到上帝三次發天火，將人類全部消滅。可是因為有耶穌基督的這段插曲，人的墮落暫止，懸在中間，人的行為好壞，要等待最終的審判日宣判。

因為有耶穌基督，部分的人可以上升，在最終審判日時，重獲至福。這是基督教的核心，為什麼要信奉上帝，為什麼要祈求耶穌，都在這裡得到根源理由。如果沒有耶穌基督，人的全體都沒有機會；有耶穌基督，人多了一個選擇，信仰耶穌基督的人走一條和原本不一樣的路，走到盡頭，那就進入了「上帝之城」。

十九世紀的神學研究，有「小詮釋學」和「大詮釋學」的區別。「小詮釋學」是詮釋聖經的字句，這個句子怎麼來的？各個句子彼此之間有些什麼語言學的（philological）字義字源的關係？是文字語言考據上的詮釋。「大詮釋學」則詮釋聖經各個部分中看起來衝突、矛盾的地方，「大詮釋學」的使命是將聖經詮釋成為一個完足的整體（totality），彰顯內部無暇、外部無缺的神聖意義。

「大詮釋學」的使命沒那麼容易達成，因為《新約聖經》的〈四福音書〉[5]都是記錄耶穌基督事蹟的，其中卻有描寫同一件事，說法卻明顯不同的情況。那麼誰對誰錯呢？「大詮釋學」的前提是不能否定《聖經》，如果說〈約翰福音〉對，而〈馬可福音〉不對，豈不就否定了〈馬可福音〉的內容了嗎？所以通常拿來應對差異的解釋是——不同的人在耶穌身邊會看到不一樣的面向。

為解放人民而受難

然而這樣的解釋，很容易引向「歷史詮釋法」。提醒了人們：耶穌基督的生命，是一個歷史事實。既然是歷史事實，那麼除了〈四福音書〉作者所提供的紀錄之外，我們不就可以找到其他相關的歷史材料與歷史見證嗎？

到二十世紀，這個取徑進一步發展成「歷史神學」（Historical Theology）和「聖經考古學」，要以歷史考據及考古資料去重建耶穌基督的生平經驗。從歷史的角度看，西元第一世紀的確在拿撒勒地區出現過一個木匠的兒子，他在拿撒勒地區的猶太人之間有很大的影響力。他成了猶太人的領袖，帶領著猶太人反抗羅馬統治，後來卻被猶太同胞背叛了，被羅馬人抓去釘死在十字架上。

「解放神學」改寫耶穌基督故事的重點，就在十字架上的受難意義。以往的神學強調耶穌基督「無罪受難」，卻從來沒有認真追究，上帝為耶穌基督選擇的受難形式。耶穌受難來救贖所有人的原罪，可以有千百種可能的方法，最終實現的卻是釘在十字架上而死，而且《聖經》中特別描述：他在兩個小偷中間被釘上十字架。耶穌基督明明不是盜匪，羅馬人卻刻意要將他和小偷擺在一起受刑。

如果耶穌基督生命真正的重點只是「無罪受難」，那麼他怎麼受難的，是不是被誤會為小偷，有什麼差別嗎？〈四福音書〉仔細告訴我們耶穌基督是個正直的人，他絕對不會當小偷的。如果只在意「無罪受難」，那麼耶穌基督在世間是一個什麼樣的人，他過什麼樣的生活，有什麼重要的嗎？只要他是上帝的兒子，落入世間卻受到了折磨，那麼受的是什麼樣的折磨，為什麼受折磨，有差別嗎？如果他別的事都沒做，單純就是被誤會成小偷，或者誤會為一個通姦者，然後就莫名其妙、無理地被殺了，會有什麼差別嗎？

「解放神學」就從問這些問題開啟其端。得到的第一個答案：耶穌基督為何受難、如何受難，當然有差別。人們在崇奉耶穌基督時，不可能只因為他是上帝之子，只因為他身上的種種奇蹟而相信他，不是如此，人們相信他、追隨他，還有其他的原因。

因為耶穌基督是作為人民的領導而受難，他是由於領導人民反抗強權，所以受難的。「解放神學」申言，不能放掉這個重點，這裡埋藏著上帝的設計、上帝的意旨。上帝刻意讓耶穌基督成為人民的領袖，讓他反抗強權、幫助人民、解放人民，這才是他真正的角色，才是他最重要的特質。拿掉了這個特質，他「無罪受難」的意義將大打折扣。

如果耶穌基督到世間來，走在路上就被一顆石頭壓住了，沒有人知道、沒有人救他，他在石頭下受盡折磨後喪了命，那也還是「無罪受難」，但意義怎麼可能一樣！如此看來，耶穌基督受難的重點在於，他是「為了人民、為了解放人民而無罪受難」，不只是「無罪受難」而已。

追求此世的解放

「解放神學」理論的出發點，是將耶穌基督「無罪受難」這件事「歷史化」。他們看到的耶穌基督，是在西元一世紀一個拿撒勒地區的革命領袖，這個革命領袖的身分和他作為上帝之子的身分同等重要，缺一不可。單憑上帝之子的身分，單憑他能夠死而復活，成就不了耶穌基督，不會有那麼多人衷心信仰他。

耶穌基督用什麼方式解放人？以前的信仰專注在「無罪受難」，同時也就強調相信耶穌基督的人，未來可以得救，進入「上帝之城」。以前的信仰將耶穌基督復活視為一種證明手段，為了取信於人，讓人信服他真的是上帝之子。人類經驗中無法靠人力超越的絕對經驗，就是死亡，藉由復活，耶穌基督證明了他和大家並不一樣。那麼還能講什麼？還能懷疑他是一般人嗎？復活證明了他的確是上帝派來的。

「解放神學」卻要重講這個故事。一部分的原因是發展「解放神學」這些人，他們生活在拉丁美洲的宗教環境裡。我們前面說過了，這是個生活中充滿神蹟的環境，讀了《百年孤寂》就可以感覺到那種不覺得死亡是不可逆的特殊氣氛。死人和活人之間沒有那條絕對的界線，因而對他們而言，復活不足以將耶穌基督凸顯出來。他們聽過多少言之鑿鑿的故事講述這個聖者、那個聖者死而復活，復活並不是耶穌基督的專利。

依照「解放神學」的重述，耶穌基督復活的意義在於彰顯他對於這個世界的愛，以及他對這個世界的留戀。他沒有選擇其他方式，例如飛天、例如巨火焚城來證明自己的超越身分，卻選擇了在這個不義地對待他、釘死他的世間復活。這是為什麼呢？他明明在這個世間接受了最屈辱的對待啊！第一，他絕對可以選擇不要回來；第二，這個世間應該是他不會想再臨的一個地方，他作為上帝之子，卻在這裡被誤會、被折磨，以羞辱的方式被釘死在兩個小偷之間，他應該恨透了這個世界。

耶穌基督的復活不只是顯示他的博愛，更顯示了：真正最重要的是如何在這個世界上尋求解放。這個解放不是「上帝之城」的遙遠美境，而是在「人間之城」實踐的追求，否則耶穌基督沒有道理要在世間復活。

藉由對耶穌基督生命的重新詮釋，「解放神學」建立了一套現實的、入世的、在世的神學。依照「解放神學」，真正虔信耶穌基督的神父，都應該效法耶穌基督的精神，成為革命領袖。「上帝之城」的重要性，應該低於「人間之城」，否則可以回到「上帝之城」中穩坐寶位的耶穌基督也就不必要在「人間之城」復活了。耶穌基督要的是在此世的解放，this worldly 的 liberation 是耶穌基督念茲在茲追求的目標，如果只是要勸世人悔改去「上帝之城」，他大可以不必帶領猶太人反抗羅馬人，他更不需要在做了這些事之後，還要復活回來。

「解放神學」逆轉「上帝之城」和「人間之城」的重要性，潛在的目標與顯著的效果，就是讓拉美的知識界從對蘇聯的幻想中清醒過來，和西方的知識分子一樣，開始進行自己左翼思想與左翼理論的在地化。一旦要在地化，那麼就引導出另外一個根本問題——什麼是解放（liberation）？要 liberate from what，要從什麼樣的力量、制約或枷鎖中解放出來？在這個部分，「解放神學」受限於還是一套神學理論，並沒有提出最精采、最好的解釋，不過藉由「解放神學」的刺激，開啟、誘發了另一個重要的思想潮流，由「依賴理論」接棒提出了答案。

1 威爾斯　一八六六年九月二十一日—一九四六年八月十三日。英國小說家、歷史學家，代表著作除小說《時間機器》（新雨）之外，尚有《世界史綱》（*The Outline of History*），中譯本在台灣由左岸出版。

2 索忍尼辛　一九一八年十二月十一日—二〇〇八年八月三日。前蘇聯時期著名的異議作家，一九七〇年諾貝爾文學獎得主。他於一九七〇年被蘇聯驅逐出境，後定居美國，一九九一年蘇聯解體，才於一九九四年回到俄羅斯。其作品包括：《伊凡．傑尼索維奇的一天》（水牛）、《古拉格群島》、《普魯士之夜》（桂冠）。

3 新左派　在一九五〇年代因為史達林主義走向獨裁後，許多歐洲知識分子對共產主義的左派論點極度失望，特別是經歷一九五六年的匈牙利革命、一九六八年的布拉格之春、以及一九六八年的五月學運後，使得新左派的知識分子瞭解到共產主義的觀念必須被重新反省。參見《關鍵詞200》。

4 聖奧古斯丁　三五四年十一月十三日—四三〇年八月二十八日。羅馬時代基督教神學家、哲學家，主要著作包括：《懺悔錄》（台灣商務）、《上帝之城》、《論原罪與恩典》（道風書社）。

5〈四福音書〉《新約聖經》的前四卷，是由耶穌基督的門徒馬太、約翰，以及使徒彼得的門徒馬可，還有使徒保羅的門徒路加所撰，分別稱為〈馬太福音〉、〈約翰福音〉、〈馬可福音〉與〈路加福音〉。

第七章

依賴理論與社會的集體記憶

我們應該把魔幻寫實主義放入和依賴理論、

解放神學運動的歷史脈絡中來理解，感受到其中的沉重與艱難，

那是拉丁美洲的特殊命運與痛苦，逼著他們去找出來的一條路。

將魔幻寫實主義和依賴理論、解放神學這三波思潮結合在一起的原因，

既明確且真實，那是一個飽受剝削欺壓、悲傷而無助的社會，

這個社會不只被壓迫，

而且被取消了去記錄被壓迫這個事實的意識與基本工具。

「解放神學」正式提出「解放」的訴求，耶穌基督帶領猶太人追求從羅馬的惡政統治中解放，那麼現實中，要解放拉丁美洲、解放拉丁美洲的人民，就得先弄清楚：壓迫拉丁美洲社會與拉美人民的，到底是什麼？在這方面，「依賴理論」走得比過去所有的革命理論都更遠又更近，因為它堅決以拉丁美洲的特殊處境為理論依據，而不是去套用某種普遍的原則。「依賴理論」將壓迫者的形象，按照拉美的現實做了重大修正。

經濟的殖民主義

一講到壓迫，我們馬上會想到權力，想到權力者——獨裁者、政府、國家。當然左派人士還會多想一點，想到帝國、帝國主義、帝國主義強權。在這方面，「依賴理論」很誠實地面對拉丁美洲歷史發展上的兩大特點。

第一，拉丁美洲很早就沒有了直接的舊式帝國主義強權壓迫。十九世紀初期拉美國家就紛紛獨立了，在一八三二年之前，西班牙、葡萄牙都已經離開了。拉丁美洲不再是殖民地，也沒有什麼帝國殖民主壓在這些國家上面，沒有帝國派來的總督統治這些國家。既然帝國殖民主已經離開了，那麼還要「反帝」嗎？要如何「反帝」呢？印度可以堅持「反帝」，因為印度到一九四八年才獨立，長期一直有明確的大英帝國壓迫印度人民，從印度直接取得利益，同時把印度人當作殖民地的次等人。但拉丁美洲明明就不是這樣的。

第二，如果說壓迫的來源是國家，那麼拉丁美洲國家百年來一而再、再而三透過政變、內戰等方式改變了國家的政權，換了各種不同政體，或者換了更多不同出身、不同信念的統治者，但為什麼人民就是擺脫不了被壓迫的處境呢？

針對這樣的特性，「依賴理論」調整了論理方向與分析單位，他們將焦點從傳統帝國主義的強權結構移開，也不以國家為單位，而是將拉丁美洲當作受壓迫的單一對象，分析拉丁美洲如何長期受到美國資本主義的統治。

「依賴理論」是一個泛拉美的大理論，直接明指拉丁美洲之上的壓迫者就是美國。可是美國人並沒有統治拉丁美洲，美國人沒有派總督到拉丁美洲，也沒有派軍隊到拉丁美洲。美國人在哪裡？美國人的強權壓迫在哪裡？就藏在它的跨國公司裡面，藏在它的資本運作中，那是一種經濟殖民主義。

對這樣的論點，美國人一定覺得很冤枉，他們會說：多麼忘恩負義的說法！十九世紀以來，美國在拉丁美洲花了多少錢進行投資，大部分拉丁美洲城市的基礎建設（infrastructure）都是靠美國的資助或借款才完成的。在拉丁美洲現代化過程，如果抽離了美國跨國公司的因素，拉丁美洲本身能做得了多少？明明就是美國才促成拉丁美洲發展的！

如何看待「發展」

「發展」，重點就在「發展」，尤其是經濟發展。沒有人能否認拉丁美洲的經濟發展很大一部分來自於美國的資助。那麼美國應該是拉丁美洲的恩人，怎麼反而被指控為壓迫者呢？因為在美國資助下，拉丁美洲進行的是一種「依賴發展」，拉丁美洲的經濟發展，只能在「依賴」美國的情況下進行。

一個核心的概念，叫作「無成長的發展」（Development without Growth）。接受美國資助之後，沒錯，經濟基礎結構現代化了，經濟數據是向上走的，但這樣的經濟發展不是真正的成長。發展和成長如何區分、判斷？一個簡單的判準就是，誰拿走了經濟發展的所得？美國的資本進來幫忙蓋了鐵路，是的，沒有美國的資本，哥倫比亞不可能建造起這條鐵路，這是進步、是經濟上的發展。然而蓋這條鐵路的目的，是為了將哥倫比亞沿海的香蕉園串聯起來，方便進一步將香蕉園生產的利益輸送到美國去。這樣的發展，是為了美國的經濟成長，而不是為哥倫比亞的經濟成長設計的。

另一個核心的概念則是「資源的錯置」（mislocation of resources）。因為是從美國經濟成長的角度來開發拉丁美洲，因而在這過程中，拉丁美洲的資源配置就不是以提供拉丁美洲經濟成長為原則的，本來可以更有效的資源運用，會因為對美國來說無利可圖，就被擱置了；相對地，一些對拉丁美洲本身來說缺乏效率的資源配置方式，卻會因為對美國有利，就被採納了。這中間必然牽涉大量的浪費。

我們可以用一個簡單的比喻，說明「依賴理論」的基本分析架構。假使在一個街角，有一台自動販賣機，每次你去買東西，投進錢之後，它都掉下兩瓶飲料，不是一瓶。隔壁的自動販賣機，丟錢進去，只掉一瓶飲料下來。請問你，這台自動販賣機好不好？

如果光看得到的，這台給你的，是別台的兩倍，那當然好，而且好得不得了。但且慢，別急著下結論，再想一下。我們好像忘了一件事，或說我們忘了檢驗一個前提——為了得到這兩瓶飲料，我們究竟投了多少錢進機器裡呢？檢查這個項目，才發現，原來我們投進了平常機器所需的五倍錢。花了五倍錢，得到兩瓶飲料，那麼這還是一台好機器嗎？

「依賴理論」眼中看到的拉美經濟發展，就像這樣一台販賣機。單看所得到的，是啊，比以前那台機器生出來多，有發展有進步。美國人要你看到、只看到掉下來的兩瓶飲料，卻不告訴你，不讓你看到，到底是付出多高的代價，才換來這兩瓶飲料。美國人沒來之前，拉丁美洲的經濟機器，一次只能擠出一瓶飲料。美國人來了，才有一次掉兩瓶的現象。但這樣一台機器，在掉兩瓶飲料下來前，卻已經先榨取了五倍資源，然後還你兩倍結果。這樣划算嗎？

鐵路、公路、港口、碼頭、工廠……都是為了得到這可以投入機器的五倍資源而設置的工具。進一步看，甚至連獨裁的政府體制，都是同樣性質的工具。還是用自動販賣機的比喻，旁邊那台機器投十塊給一瓶，你面前這台卻一定要五十塊才能給你兩瓶，你想要那兩瓶飲料，但實在沒有五十塊，怎麼辦？來了一個彪形大漢，勒住你的脖子，把你的衣服剝下來拿去當，搶走你一半的晚飯，還給你一把掃把，掃一小時地給你兩塊錢工資，終於擠出五十塊來，丟進機器裡。沒有那個彪形大漢這樣掐著你的脖子，不會有這五十塊，至少你不會願意這樣去弄五十塊來放進販賣機裡。

政府與國家的買辦化

為了要讓這麼多的資源被擠榨出來，就必須要有一個機制來壓迫人民，強迫將原本要用在別的地方的資源都放進這個系統裡，產出美國需要，而非拉丁美洲社會需要的經濟活動。於是資源被扭曲錯置了，而且必然帶來「政府買辦化」，甚至「國家買辦化」的政治現象。

「國家買辦化」和「政府買辦化」不完全一樣。所謂「政府買辦化」意思是說，統治者要取得統治權力，維持在權力的高位上，先決條件是要能夠迎合美國的要求，幫美國人來榨取自身人民的資源，唯有這樣的人才能當統治者。為什麼革命沒有用？換掉這個來了那個，都無法改變人民的處境。因為革命只能推翻政府的領導者，碰觸不到政府後面真正的宗主——真正發號施令的美國。換上來的領導者，如果不配合美國，很快地就會被新的革命推翻，不然就突然被綁架失蹤了。這就是「政府買辦化」，拉美國家的政府紛紛淪為美國公司的代理人。

那什麼是「國家買辦化」？為了維持這樣的統治與經濟榨取機制，美國的勢力除了在政府中扶植它的代理人之外，還會刻意地在社會中培植買辦階層，讓他們分沾美國的利益，讓買辦階層成為「無成長的發展」中的受益者，進而使美國對當地社會產生愈來愈大的控制效果。

舉例來說，假設十年的經濟發展，總共創造了一百塊的總財富，可能只有二十塊留在哥倫比亞，哥倫比亞本身能成長到哪裡去？而且美國又會刻意去塑造、經營一個階層，讓這個階層拿走這二十塊當中的十二塊。於是，第一，這個買辦階層的利益和美國的利益息息相關，美國拿得愈多，他們也就跟著拿得愈多。他們會賣命地幫美國做事。第二，這群人還可以扮演起消費現代產品的經濟角色。

如果將這二十塊錢，平均分給哥倫比亞的每一個人，每一個人手中都只有一點點錢，那就意味著沒有任何一個人買得起美國製造的電冰箱，也沒有人能搭得起飛機，飛到美國去旅行。相反地，如果將財富集中在少數的這群人手裡，這群人就有足夠的條件去消費美國製造出來的東西，把這些財富又以進口消費的形式送進美國。這是多一層的壓榨剝削。藉由這樣的多重機制，最後再算一下，表面上看起來有一百元成果的經濟發展，最終產生對哥倫比亞真正有意義的集體財富，可能只剩下八塊錢！

對壓迫者道謝的荒謬

哥倫比亞人真的應該額手稱慶，真的應該感謝「幫助」他們發展的美國勢力嗎？不管口頭上怎麼說，事實是：美國從來沒有要「幫忙」，他們是在「領導」拉丁美洲的發展。這種發展，是「不自主的發展」，拉丁美洲沒有自主決定權，只能依賴依附於美國的資本利益上，變成人家的工具。

「依賴理論」談的就是經濟上的「依賴發展」所帶來的種種影響。「依賴理論」從經濟現象出發，但其分析範圍卻不限於經濟。例如說，要將拉丁美洲國家綁在這樣的「依賴關係」上，當然就牽涉到意識、心理層次的操作。

再借用一下自動販賣機的比喻——明明是被勒著脖子把財產和勞力拿出來投入機器裡，在這樣被痛苦壓榨的情況下，人卻不反抗，反而眼睛只看到那掉下來的兩瓶飲料，就感到欣慰快樂，這樣的意識、心理又是怎麼來的？這就不只是經濟層面，也不只是政治層面的問題，而是所謂「意識荒謬性」的問題。人如何忘掉自己被人家欺負的經驗，還會回過頭來感謝欺負他的人？這是多麼荒謬的事！

對於「意識荒謬性」的反省，在「拉美時代」的思想潮流中占了很重要的地位。他們反省出一個重點是進步與發展的「神話」（myth）。這是什麼樣的「神話」？今天比昨天好，叫作進步；明天比今天壞，就叫作退步。然而在「進步的神話」中，進步本身被絕對化了，讓人先入為主地相信，明天一定會比今天好，後天一定會比明天好，用這種方式混淆了人判斷進步的基礎與能力。

這是個了不起的欺瞞，當一個人已經相信時代總會進步，明天會比今天好，他可以過得很快樂。每天早上睜開眼睛醒來，第一個念頭就是：「我活在一個比昨天好的狀態中」，自然就充滿了幹勁。進步成了一個信仰，而不是一個有待判斷決定的現象。人不是考慮一下：「我昨天賺八塊錢，那麼今天能賺多少呢？」而是面對每一天，自動把昨天的八塊錢拋在後面，相信反正今天就是一定比較好。

我們應該從這個背景，進一步理解為何《百年孤寂》及其他與賈西亞．馬奎斯同時代的拉美小說都很在意時間。因為時間不是一個簡單、客觀的現象。對於思索「解放神學」和「依賴理論」的人來說，時間是一個被操弄的信仰、一個被操弄的意識形態（ideology）。美國資本、國家買辦與買辦政府，聯手起來要人們相信進步，相信一種線性時間的變化。在那條時間線上，每一分每一秒的消逝，就意味著又有了新的東西，而且新的一定比原來舊的更好。

賈西亞・馬奎斯書寫了一種非線性的時間，而且馬康多在時間中轉啊轉，逐漸轉成了一個廢墟。賈西亞・馬奎斯要做的，也就是挑戰美國帶來的幼稚單純線性時間，明天總是會比今天進步的詐騙信念。讀《百年孤寂》，沒有人會覺得這是一個進步、發展中的社會，我們留下的印象是：所有發生過的事情一直不斷地重來一直不斷地重來，時間怎麼會是線性的朝進步方向走的呢？時間一直在繞圈圈。

拉丁美洲的人們，活在衝突的時間意識裡，一邊是別人灌輸的線性進步時間，另一邊則是自己身體感受到不斷重複再來，一直不斷重複再來，一直不斷重複再來的時間感。拉丁美洲的讀者在《百年孤寂》裡讀到了賈西亞・馬奎斯的處理方式，很感動小說中將他們的矛盾寫得如此真切。

操弄社會的集體記憶

要操弄人的感受，讓拉丁美洲的人民忘掉被欺負的過程，只看到美國資本帶來的發展，另一個重點就是要找出方法來對付人的記憶。操弄、扭曲社會的集體記憶，是二十世紀在統治技術上的巨大突破。在二十世紀之前，再強悍、殘暴的暴君都沒有操弄人的記憶的能力，但這卻在二十世紀新興的極權主義政權手上完成了，事實上，正是靠著這套控制感覺、控制記憶的技術，才讓極權主義成為極權主義。

統治者用國家的力量，塗抹掉一段共同的經驗和記憶，明明發生過的事情，大家一起都忘了，因為別人都忘了，以至於還記得的人，也隨而懷疑自己的記憶。原本我們的親身經驗有其「先行性」，比聽來的、讀來的，更深刻、更難遺忘，但是在受到記憶操弄的社會裡，人卻被弄得再也搞不清楚自己經驗的界線到底在哪裡，什麼是我真正經驗的，什麼不是？我要怎樣確認自己的經驗是真的，是不會被否定掉的？

這樣的荒謬衝擊，進而影響了小說的敘述方式。尤其是西方寫實主義文學的敘事（narrative）建立在一個前提上：我寫出可以被經歷的現實。寫實的基礎，當然是作者本身的經驗，並以此來吸收、想像別人的經驗。如果一個作者失去了判斷自己經驗真實性、現實性的能力，那麼他要如何寫實？他根本找不到現實的界域，他怎麼開始描述呢？

這也就是「魔幻寫實主義」的另一項歷史緣由。「魔幻寫實」是魔幻與寫實的複雜辯證。

進步的神話以「擬真」的方式建構，運用種種宣傳與意識手段，讓人覺得自己「真的」活在一個持續進步中社會。進步是事實嗎？不，進步是一種幻覺，也可以說是一種「魔幻」。感覺上像是真實，可是圍繞著拉丁美洲人民日常生活的，本質上卻是虛幻。

根植於拉美的魔幻寫實

就像鐵路，從某個意義上來說，鐵路真的鋪設了，但換另一個角度看，鐵路幾乎和當地人沒有任何直接的關係，它虛幻地存在、火車也虛幻地通過。鐵路、火車什麼時候變得真實？只有當火車將眾多被屠殺受害的屍體運走時，才和馬康多的居民有了直接關係——悲哀傷痛的關係。

然而，屍體被火車運走了，大屠殺也就等於沒有發生過。沒有人承認、沒有人能夠主張真的有大屠殺這麼回事。真實發生的事，轉而變成虛幻、無從證明的記憶，成了魔幻。現實與魔幻不斷彼此穿插、彼此互換、彼此辯證交纏。表面上看起來魔幻的，被強力刻意宣傳；不被接受不被承認的，反而才是真的。只有將真實與魔幻兩者同時呈現，顯示其交纏辯證關係，才能夠碰觸到這樣一個記憶被控制、真實被反覆改造的社會，才能夠探索其內在的荒謬性，以及荒謬性內涵的意義。這是「魔幻寫實主義」的社會背景來源。

「文革」後新興的中國大陸文學，很自然地套用了魔幻寫實的精神與技法。在根底上，因為「文革」也是一段無從以理性敘述予以掌握、複製的十年荒謬經驗。最荒謬的情境、最荒謬的時代，需要探入荒謬性深淵的手段，才能夠訴說，因此「魔幻寫實主義」絕對不是文學上的遊戲，絕對不只是一種文學的技法而已。並不是說將真的寫成假的，將假的寫成真的，讓真的好像假的，假的好像真的，就是「魔幻寫實主義」。

前面就強調過了：拉美的「魔幻寫實」不同於「魔幻文學」或「奇幻文學」，「魔幻寫實主義」是非常現實、非常down to earth、非常入世的一個社會意識運動的產物，我們應該把它放入和「依賴理論」、「解放神學」連動的歷史脈絡中來理解，感受到其中的沉重與艱難，那是拉丁美洲的特殊命運、特殊痛苦，逼著他們去找出來的一條路。

他們一直在尋找，這是一條漫長的探索過程，當然不可能像我所解釋的那麼整齊——從「解放神學」到「依賴理論」再到「魔幻寫實」，我解釋的是他們之間的邏輯關係，歷史事實上的發展不會照著這樣的順序，中間有很多交錯、旁支、歧路，乃至衝突矛盾。不過將這三波思潮結合在一起的原因，既明確且真實，那是一個飽受剝削欺壓、悲傷而無助的社會，這個社會不只是被壓迫，而且被取消了如何去記錄被壓迫、被欺負事實的意識與基本工具。

《百年孤寂》不是要寫自由黨和保守黨如何打內戰，而是要寫出內戰裡對立的敵人，其實都是假的，真正的敵人不是和你打仗的那股力量，真正的敵人隱形在你找不到的地方，小說書寫要撥開這些假的名目、幻象，暴露出真正的敵人。

創造想像的秩序

這三波思潮還要探索給予人民信心與力量的方法，在暴露、批判敵人的同時，告訴大家：「我們不是無助的，不是一點辦法都沒有。有巨大的力量在我們背後。」「解放神學」指出：耶穌基督是站在人民這邊的，他自己就是一個革命者，他對抗羅馬就像拉美人民要對抗美國。「依賴理論」提出了一套明確的經濟計算，讓大家知道，貧窮不是因為努力不夠，生活困苦不是宿命，而是來自於買辦經濟、依賴發展的不幸結果。因此，不要羨慕那些有錢的買辦，而是要致力於擺脫這樣的依賴性經濟結構。

把這些觀念都加在一起，創造了在那二、三十年間，拉丁美洲對人類文明的特殊貢獻。用我的老友陳傳興教授的語言說，他們創造了一套「想像秩序」，想像出人類社會的新秩序，並且規畫了對應這組新秩序的各個不同環節。拉丁美洲的人民並沒有因為這三大思想浪潮而得到徹底的解脫，但這三大思想巨浪建構的「想像秩序」，卻得以外銷、傳布到其他地方，改變了更多人對文明秩序的價值選擇。

相對地，這三大思潮對台灣產生的衝擊較小，但也不是完全沒有。在八〇年代的後期，隨著原本戒嚴與黨國體制的瓦解，我們這一輩的人試圖想像台灣未來的新秩序時，多少也受到「拉美時代」的感染，給我們啟發，更給我們勇氣。這是珍貴的人類資產。希望大家一邊讀《百年孤寂》，一邊可以接觸原來可能感到很陌生的拉丁美洲歷史與「拉美時代」的壯闊想像。

第八章

極度悲觀的絕望之書

《百年孤寂》是一本悲觀之書，而且是一本極度悲觀的書，賈西亞・馬奎斯的勇氣就在於講出了拉丁美洲人民迂迴懷疑，但是不願講、不敢講、不知該怎麼講的話。

賈西亞・馬奎斯用小說說出了：

「這是本來就寫成的腳本，上帝就是在折磨我們，我們的所有一切，我們的一生、我們的痛苦、我們的奮鬥，都只不過是一連串上帝對我們開的玩笑。」

沒有比這個更悲觀、更絕望的態度了。

《百年孤寂》全書讀完後，你會發現這本書似乎是另外一本書或另外一部手稿的抄寫（transcription）。在全書最後，第六代的倭良諾生出一個長豬尾巴的小孩，豬尾巴的小孩被螞蟻抬走了。小說真正的終結，不是邦迪亞家族的完全斷滅，而是倭良諾突然之間意識到：所有的這些事情早已寫在吉普賽人留下來的遺稿裡。他去將遺稿找了出來，發現遺稿裡寫滿了這個家族一百年來的所有經過，他解讀了遺稿之後，不只是邦迪亞家族不會再重來了，連馬康多也都隨之消逝，彷彿從來不曾存在過似的。

命運與自由意志

這是小說本身內在的「文本後設性」，這樣的寫法召喚了另一個巨大的課題，又要聯繫到西方基督教神學「命定論」的大課題。基督教教義中的上帝無所不能、無所不知、無所不在，但如果上帝無所不能、無所不知、無所不在，那也就意味著上帝隨時可以介入改變所有的事情，在這種情況下，人活著的意義是什麼？我們所做的任何事情絕對不可能超越上帝允許我們、甚至設計要我們去做的。在絕對、極端的上帝信仰底下，每一個人的生命腳本都是上帝寫好的，那麼我們的自我、我們的自由、我們的選擇，難道都是假的？

《百年孤寂》結局中出現的遺稿，裡面記載了：這個家族第一代祖先被綁在樹上——那是老邦迪亞——最後一代則被螞蟻抬走。也就是說，小說中邦迪亞家族的開頭和結尾，在還沒有發生前，就都記在遺稿裡了。

小說記載了邦迪亞家族一百年來所發生的事情，最後揭露所寫的內容其實早就都已經在遺稿中以預言形式存在了。但是，在小說開展的過程中，翻開任何一頁，裡面沒有一點明示或暗示：這些人不是出於自主意識做這些事的。那他們的自主意識是什麼？賈西亞．馬奎斯在這裡玩了一個讓人不得不思索命運與自由關係的把戲——《百年孤寂》記錄的這一百年，這六代邦迪亞家族的人，發生在他們身上的事，都已經先命定地被寫在吉普賽人的神祕遺稿裡了。

什麼時候我們會知道自己的命運？只有當一切都結束的時候，我們才會知道命運是什麼，才知道命運如何操弄我們。預言是真實的，所有的人在這裡面都被無法擺脫、無法抗拒的命運控制了，正因為你不可能事先知道遺稿裡安排了什麼樣的結果。

第六代的倭良諾是解讀出遺稿內容的人，他的自然衝動是趕緊看看自己的命運是什麼，自己的結局如何？但小說最後一頁的最後一段：

> 然而他還沒看到最後一行，就明白他自己永遠走不出這個房間了。……他又跳過幾頁，想提早看到最後的預言，以便確知自己死亡的日期和情況。

他想要預先知道自己的結局是什麼，可是知道了也沒有用，因為遺稿裡的預言，連他會看到遺稿知道預言這件事都預言了——

> 「當倭良諾看完遺稿的時候，這整個鏡花水月的城鎮將會被風掃滅，並從人類的記憶中消失」。

就連倭良諾破解遺稿，從遺稿中讀出家族命定的一切，也都是命定的。命定的事只有在事情已經發生了，才會對人揭示，人無從藉由預言了解下一步該怎麼做。人知道了預言，就會想要用自由意志來改變不自由、命定的事，如果改變了，預言就不準確了，也就不再是彰示命運的預言了。

無可預知的預言

唯有當預言的內容不可能被任何人預先看到的時候，預言才能如同上帝意旨、上帝計畫一般無所不在地控制我們。什麼時候我們會看到預言，並立即明白那是預言？——當一切都已結束，回頭一看，發現早在一切還沒發生前，過程與結局已經被寫好了。

讓我們這樣問：既然如此，預言的存在或不存在，有何差別？預言存在，但是當事情尚未發生前，我不會知道預言，沒有機會得知預言，因而改變預言所預測的結果。那麼有或沒有這個預言，不就沒有任何差別嗎？

比如說一個戀愛中的人，會多麼焦慮地想知道戀情的未來。假使真的有未來的預言，寫好在恩主公廟的籤詩裡了，籤詩說：三月十九日，兩人將在電影院門口，因為看了一場電影大吵一架，吵得不可開交後從此再也不見面。要是在三月十九日之前，這個人得知了這個預言，那麼他一定會試圖改變預言的結果，打死他也不會在那天去看電影的。這就是為什麼我們要去廟裡求籤、解命，想先知道預定的結局，這樣我們才有機會可以介入改變結局。

但是這樣做，也就使得預言不再準確，使預言被推翻了。賈西亞・馬奎斯在《百年孤寂》裡揭露的，不是這樣的預言、這樣的命運。他講的是：一定要過了三月十九日，電影院前面的大吵一架發生過了，然後才會有人跟他說：「啊，早在一月八日，就曾經在一張籤詩中看到了暗示，現在想想，那應該就是在講你的愛情結局吧！」

「你為什麼不早講？」聽到這話，換作是你也會如此激動、憤怒反應吧？但你沒有想到：如果早講了，預言就不會是預言了。

《百年孤寂》到最後其實是在考驗我們對生命是什麼、命運是什麼的抉擇。有沒有那份遺稿的存在，意義上有何差別？如果沒有這份遺稿，或倭良諾沒有解讀出其中的預言內容，會減損《百年孤寂》中記錄這一家族百年間發生的事的什麼意義嗎？從一個角度看：不管倭良諾後來有沒有破解遺稿內容，這百年間發生的事，就是發生了，它也只能必然如此發生。

但換另一個角度看，多了這份預言式的遺稿，將所有的敘述包裹起來，產生的第一個作用是：讓這本書不再只是一個故事、一段紀錄，甚至不是一部小說，一部長篇的Saga。它成了一個預言，成了一本命運之書。它不是在描述、記載實際上邦迪亞家族發生什麼事，而是在記載一個超越的、巨大的力量決定了邦迪亞家族應該發生什麼事，邦迪亞家族遵從了預言諭示中的要求規定，一一將其展現成為事實。

還有另外一項作用，那就是抬出了一個超越性的力量，在人的遭遇與人的生存之上，有一股巨大的力量在操弄著。人往往以為自己所遭遇到的事情根源於自己的決定，但這種想像中的自由意志其實是虛假的。

為什麼要在小說中創造這種作用？把敘述改成預言，讓上帝或甚至是比上帝更大的東西凌駕其上？一個重要的原因：賈西亞．馬奎斯主觀上要將這本書寫成一個關於拉丁美洲歷史的隱喻。

上帝所開的玩笑

最早讀到《百年孤寂》的拉丁美洲讀者被賈西亞．馬奎斯感動的，就在於他勇敢地碰觸了他們內在的集體疑惑，疑惑：為什麼無論他們如何努力，拉丁美洲國家的歷史好像都在繞圈圈？賈西亞．馬奎斯不只是用時間的主題、時間的循環寫法來凸顯拉丁美洲人民這種無奈的感受，他最後還給他們強烈的一擊——那就認命吧，因為我們的歷史的背後，早已有一個文本寫好在那裡，我們不過就是照著這個已被寫好的預言，反覆重演寫好的劇本。

所以人是什麼？至少對活在拉丁美洲的人呈現的意義是：你感覺到自己在和周遭環境抗拒、搏鬥，你感覺到自己在這過程中有輸有贏，這個時候革命起來，那個時候革命被壓制了；此時自由黨執政，彼時換成保守黨執政。然而這一切終究都是假的。唯一真實的是遺稿中早已寫定的預言。那個更巨大的，控制所有人命運的力量。

《百年孤寂》這本書為什麼立刻在拉丁美洲成了暢銷書？因為它以一種勇敢且複雜的方式，表達了拉丁美洲讀者原本就在心頭不斷迴盪的悲觀懷疑，老是覺得好像沒有什麼堅實的根基可供站立，所有的變化、所有的努力，都是表面的浮浪，總有力量要把人與事拉回到似乎已經看過、甚至已經經歷過的一個點上，取消所有曾經做過的，以原本就存在的狀態作為結局。

《百年孤寂》是一本悲觀之書，而且是一本極度悲觀的書，賈西亞．馬奎斯的勇氣就在於講出了拉丁美洲人民依迴懷疑，但是不願講、不敢講、不知該怎麼講的話。賈西亞．馬奎斯用小說說出了：「這是本來就寫成的腳本，上帝就是在折磨我們，我們的所有一切，我們的一生、我們的痛苦、我們的奮鬥，都不過是一連串上帝對我們開的玩笑。」

《百年孤寂》藉由六代、一百年邦迪亞家族故事，展示給拉丁美洲的讀者看：「沒錯，就是這麼回事。真的就是早被寫定了，我們沒有任何機會，也沒有任何其他可能性。」沒有比這個更悲觀、更絕望的態度了。

《百年孤寂》以一種勇敢且複雜的方式，
表達了在拉丁美洲讀者心頭不斷迴盪的悲觀懷疑。圖中是它的法文版書封。

慾望帶來腐蝕與敗壞

用悲觀的態度回頭讀《百年孤寂》，我們會在小說裡挖掘出許多令人怵目驚心的現象。例如說，我們突然之間了解了：邦迪亞家族六代，一代又一代發生的奇特事蹟，內在有一個神祕不可解，但幾乎不曾改變的模式，那就是只要愛情來了，只要男人和女人在一起，只要人開始繁殖下一代，文明就遭殃。

書中最後一百頁，寫了另一個Amarnta的故事。這是少數重複出現的女性名字。這個亞瑪倫塔從歐洲受教育歸來，嫁了一個有錢的老公，他們竟然回到馬康多，將歐洲文明的秩序、習慣一起帶回到馬康多來。然後她先生賈斯登就老是在等待，永遠等著飛機——另外一項西方現代文明的象徵——被運送到馬康多，可是無論如何就是有各種不同的差錯阻止了飛機到來，賈斯登只好一直等下去。

亞瑪倫塔要把歐洲文明移植到馬康多，這就使得她很有當年易家蘭的味道，我們會以為易家蘭的角色將要傳遞給隨她命名的第五代這個女人身上，[1]幻想著亞瑪倫塔會著手重建邦迪亞家族，由她來維繫其秩序，構造起了一個新的文明。亞瑪倫塔很堅毅，而且很勤勞，然而就是有一股巨大的破壞力量一直在旁勾引她離開這條道路。那是她的外甥倭良諾，他們兩人因為世系的複雜錯亂而總是搞不清楚彼此的親屬關係。

終究到了這樣的情景出現：「自從那個下午第一次偷情……」那個「第一次偷情」被賈西亞．馬奎斯寫得真恐怖，是一部無聲的暴力片，倭良諾侵犯了他的阿姨，他弄不清楚這個女人是他的阿姨，而亞瑪倫塔的先生就在隔壁，所以亞瑪倫塔不能發出任何的聲音，安安靜靜的、沉默無聲的激情與暴力流盪。第一次偷情之後，「倭良諾跟亞瑪倫塔繼續利用她丈夫不留意的時刻約會、媾合，不出聲地狂熱做愛……只要他們看到屋裡只有他們兩個人，立刻就會愛得死去活來……這瘋狂的激情，使得她母親在墳墓裡的屍骨都會恐懼得顫抖起來，他們自己則永遠保持無比的興奮。」

我們在書中看到太多這種男女情愛，尤其是激烈的性行為、繁殖的衝動等等與慾望密切相關的事，幾乎毫無例外，隨著激情的、激烈的交媾與繁殖的慾望帶來的，必定是腐蝕與敗壞。

所以接下來我們讀到的是：「亞瑪倫塔迷惘在熱情中，眼見螞蟻破壞花園，蛀蝕屋梁；眼見熔岩侵入走廊，她都不理，只有在螞蟻侵入臥室的時候，才和牠們戰鬥。」然後，「在這些短暫的時日裡，他們所造成的損害比螞蟻還要嚴重；

他們破壞客廳裡的家具；瘋狂起來竟然把當年邦迪亞上校跟姘婦在一起睡過的吊床撕成碎片；床墊挖空，把裡面的棉花鋪在地面上……。」亞瑪倫塔變了，原先她是秩序的代表，要在馬康多重建新的秩序，然而被繁殖的衝動和熱情挑激之後，她搖身一變，成了另外一個廢墟製造者。

巨大的命定預言中，閃耀著這個恆常的模式。以馬康多作為拉丁美洲的縮影與隱喻，這裡的人受到詛咒——繁殖本身，就帶來毀滅。繁殖與毀滅永遠hand in hand，攜手並進。在別的文明脈絡下，繁殖、熱情、慾望是創造文明最重要的力量，但在馬康多，在拉丁美洲，繁殖、熱情、慾望卻帶來一切的破壞。慾望的滿足、慾望的完成就開始塑造廢墟。

繁殖成為破壞文明的因素

到底為什麼這個家族會這樣？這個家族有幾乎用不完的性與慾望的精神、精力，然而性的、慾望的精神與精力，除了不斷創造出混亂、無法安排的下一代之外，每一次慾望的爆發、慾望的滿足，都帶來破壞的結果。只有少數，而且往往是已經沒有慾望的人，才勉強努力繼續維持著馬康多，以及由馬康多所象徵的拉丁美洲頹敗中的秩序。

慾望本身，繁衍下一代的動機，本來是人繼續一直不斷存在的根本。可是在這本小說裡，在賈西亞・馬奎斯透過這本書所顯現的拉丁美洲文明視野中，卻成了破壞文明最重要的因素。回頭看，易家蘭為什麼那麼重要？因為易家蘭從小說一開始，就是個沒有慾望的人，她幾乎是這整部小說當中，唯一沒有被繁殖慾望橫掃的人。易家蘭雖然和老邦迪亞生了小孩，但她在慾望上保持冷靜，所以才能維持這個家，保留一點秩序。

將小說讀到最後，讀完了，回頭再看之前遇過、感受過、討論過的角色，又會發現新的意義。再看一次老的亞瑪蘭塔，前面講過：她是個害怕自身熱情和慾望的人，讀完小說我們發現，她竟然至死都保留了處女之身。儘管經歷了那麼多被她自己拒絕的愛情，那最狂熱的愛情，卻因為她拒絕慾望，因為她害怕慾望、害怕繁殖，所以她成為易家蘭之外，另外一個維持家族秩序的力量。

其他每一個角色全都是破壞者，每一次繁殖的慾望、衝動出現，世界就因此垮了一角，只有靠這兩個女人，易家蘭和亞瑪蘭塔勉強去把它補起來。然後新的慾望燃起，又把這個世界撞歪了。繁殖的慾望與衝動變成詛咒，這是顯示在書中，賈西亞．馬奎斯對於拉丁美洲歷史的一番詮釋，開展出一種奇特的視野、奇特的觀點。

---

1 在先前第五章已經提過，亞瑪倫塔（Amaranta Úrsula）的名字，其中一半來自易家蘭（Úrsula Iguarán）。

第九章

超越科學理性的文學之眼

科學理性的基本模式是，提供唯一真確的標準答案。
但人的生命中，卻必定有些不能由標準答案來滿足的部分。
像《百年孤寂》這樣的傑出文學作品，
最高的價值就在於：它是抗拒標準答案的。
好的文學作品一直在測探，甚至在挑動、在開發你內在不能、
也不應該由標準答案來滿足的那些部分。
文學讓我們重新去懷疑，讓我們重新看見所有答案中不確定的性質。

《百年孤寂》中出現的所有角色，原來都被一個龐大的預言所掌握。他們不是沒有掙扎過，每一個人都曾經進行不同形式的掙扎，只不過到了小說結尾處，好像他們所有的掙扎都是徒勞。命中注定只能夠被自己無法控制的繁殖慾望牽引著，一步一步創造廢墟，或是一步一步去將廢墟叫喚出來。這樣的書，很無奈很悲觀，寫出了拉丁美洲讀者內在的無奈悲觀感受。

不過，這本小說卻也不只是單純要傳遞一種悲觀的想法而已，更不是要人們讀了書之後嘆一大口氣得到結論：「反正都是命中注定的，那麼做什麼都一樣，都沒有用的。」

矛盾的小說結尾

不是，不完全是。為什麼不是？因為這本書繞了一大圈之後，留下一組矛盾的尾巴。讓我們將書的結束處再讀一次：「倭良諾看完遺稿的時候，這個鏡花水月的城鎮（或說是幻影城鎮吧）將會被風掃滅，並從人類的記憶中消失，而書上所寫的一切，從遠古到永遠，將不會重演，因為這百年孤寂的家族被判定在地球上是沒有第二次機會的。」

這一句話多麼悲觀也多麼殘酷，這是對於馬康多以及馬康多所象徵的拉丁美洲的一個硬心腸的宣判。宣判了拉丁美洲的歷史是不斷地毀滅，這種不斷製造毀滅的荒謬性質無法見容於這個世界。這一百年，拉美從革命獨立一直到賈西亞．馬奎斯寫作《百年孤寂》的這一百年，示範了一種人類的不可能性（impossibility）與不合理性（absurdity）。人類的不可能性在這裡上演成一齣巨大的荒謬鬧劇，這個鬧劇只能有一個結局，就是讓它從此完全消失——太荒謬、太暴力、太無意義，所以應該在這個世界上完全消失，不要繼續危害這個世界。

這最後的句子，顯現賈西亞．馬奎斯認定：這一百年的拉丁美洲歷史是不值得也不可以繼續存留的一段經驗，那是一段充滿殘酷、殘暴、荒謬、狂亂的人類經驗，寧可讓它從此在地球上完完全全消失，對人類會好一點。也就是說，上帝的正確決定應該是照著遺稿預言所說的，不只讓馬康多在這個世界上消失，將拉丁美洲這百年歷史完全抹平，甚至讓關於這百年的記憶都滅除。沒有了這些人民，沒有了這些經驗，沒有了這些記憶，我們對人的理解會不一樣。除去了拉丁美洲歷史中展現的人的殘暴（atrocity），我們可以對人有多一點的信心，有高一點的評價。

但也就在這件事上，讓馬康多的經驗與意義永遠消散的這件事上，存在著最大的矛盾。預言說：「這個鏡花水月的城鎮（或說是幻影城鎮吧）將會被風掃滅，並從人類的記憶中消失，而書上所寫的一切，從遠古到永遠，將不會重演。」錯了！大錯特錯。這個記憶不會消失。為什麼這個記憶不會消失？因為有了《百年孤寂》這本書。

依照遺稿原來的預言，沒有人會知道這件事情。開頭是馬康多被如同虛幻的邦迪亞家族，由老邦迪亞帶著二十六個人開墾，建立起來。結尾則是到了在倭良諾的眼前，一陣風吹過，再也沒有人知道這裡存在過馬康多這個城鎮。沒有人知道老邦迪亞一直到倭良諾這六代人發生的事情，這一百年的事不會在任何地方被記得，不會在任何地方留下記憶，也不會在任何地方重演。不會在任何地方重演就意味著：不會有人在已經消失的馬康多以外的地方，再重新認識這段歷程。

如果遺稿真的是這樣寫，馬康多消失，一切就消失了。可是《百年孤寂》這部小說，破壞了遺稿的預言。《百年孤寂》留下了百年的記憶，成了唯一破壞預言，讓預言沒有徹底實現的元素。在這裡我們看到了賈西亞·馬奎斯，作為一個作者，不可能真正那麼悲觀、那麼悲憤。作為一個作者，他必然有違背預言內在邏輯，去破壞預言、保留這些記憶的道理，也必然有悲觀、悲憤以外的其他心情。

英雄與科學的年代

《百年孤寂》逼迫我們反思「命定論」。理性與科學已經將宗教，尤其是小傳統的民俗信仰，逼擠到現代人意識與生活的偏僻角落，賈西亞．馬奎斯卻要我們重新理解，這些看似充滿低階迷信的東西。

十九世紀西方的主流意識是「進步史觀」，同時也信仰、崇拜英雄。十九世紀相信大人物，相信革命的英雄、科學的英雄、理性的英雄、啟蒙的英雄，相信這些英雄們解救了世界。這些英雄們是先鋒（vanguard），走在歷史的最前面，硬拖著老舊、保守、荒敗的世界往前走，走向光明、走向進步。顯示這種價值精神最主要的一部代表作是卡萊爾（Thomas Carlyle）[1]的《英雄與英雄崇拜》（*On Heroes, Hero Workship and the Heroic in History*），具體展現了十九世紀樂觀精神底層的基礎。

十九世紀的西方憑什麼那麼樂觀，相信明天會比今天好？後天會比明天好？

他們難道看不到，在他們的生命裡，在他們的社會，在他們的周遭，仍然有許多黑暗的東西，仍然有許多不進步，甚至是恐怖的、痛苦的現象嗎？他們當然看到了，然而他們可以從科學知識的快速發展，投射相信：今天我們不能解決的事，只是因為科學知識還沒發展到那個程度，別急、別忙，再給科學一點點時間，它總會找出方法來。

還有另一個重要的樂觀來源則在於：他們相信改造世界、讓世界進步的力量，來自於少數個人帶來的巨大影響。只需要少數幾個人，思想界的巨人、科學界的巨人、政治界的巨人、經濟產業界的巨人，靠著他們的貢獻、他們的成就，就能夠讓半個社會，乃至半個世界翻天覆地，瞬間改變。

到了二十世紀，人們為什麼不再像十九世紀那麼樂觀？因為二十世紀關於群眾的思考，壓倒了原本的「英雄觀」。十九世紀的人看到巴黎、倫敦的賭徒、妓女、骯髒的街道、惡臭的河流，他們不必悲觀，因為他們相信只要幾個英雄出現，就可以改變這一切。他們不會覺得需要等到眼中看到的這個乞丐，有一天能夠算出一百八十五加三百四十六等於多少，世界才會改變。他們不認為有必要對這些人有所期待。

想想看，要讓全台灣的人都聽懂貝多芬，有可能嗎？你把自己認識的人，一個個在腦中叫喚出來，想想看：「有一天這個人要聽懂貝多芬，可能嗎？」用這種方式想，你必然是悲觀的。因為你從一個個個人去想像這個社會、這個世界會如何產生變化。你腦中帶著清楚的二十世紀概念——社會就是由這些人，由你認識的一個個人，所構築成的。期待那些每天在招待所裡喝酒喝到凌晨三點半的人要聽得懂貝多芬？那是不可能的！

然而十九世紀的人不是這樣看、這樣想的。他們想的是：誕生了一個貝多芬，他的音樂就會改變這個世界。現在這些聽不懂貝多芬音樂的人，不用理會他們，他們不重要，在英雄之前，他們總是會被改造的。如果要期待每一個人都聽懂貝多芬，你不會覺得有希望；但如果只是要等待一個巨大的明星、巨大的英雄出現，你就會覺得很有機會。這正是「英雄崇拜」的好處。

年鑑學派的興起

從十九世紀走入二十世紀，最巨大的改變之一，就是「英雄」概念的改變。第一次世界大戰之後，歐洲開始懷疑英雄，懷疑英雄崇拜的有效性，由此產生了很不一樣的對世界的理解。新的理解讓西方知識、思想的視野，在角度上愈來愈低，在範圍上愈來愈廣。二十世紀的歷史學和十九世紀的歷史學之間，存在著截然的斷裂。

十九世紀的歷史學基本上是一種人物史學，甚至就是英雄史學——記錄了所有了不起的個人、英雄們所做的事情，就能了解歷史是如何變動的。十九世紀史學的核心一定是政治史、軍事史，因為政治、軍事上的巨大英雄，決定了一切。沒有拿破崙，就沒有所有後來發生的事。沒有和拿破崙對立的梅特涅，就沒有後來保守勢力的復辟。感覺上歷史就是由這幾個少數的大人物所決定的。不過，英雄史觀、大人物史觀有其需要的配套條件、相應氣氛，到了二十世紀，這些條件與氣氛，一樣一樣幻滅，一樣一樣消失了。

二十世紀逐漸興起了新的歷史學概念，可以法國的「年鑑學派」（Annales School）[2]作為代表來說明。「年鑑學派」的幾個主要人物，例如布洛克（Marc Léopold Benjamin Bloch）、[3]費夫賀（Lucien Febvre）、[4]後來的布勞岱爾（Fernand Braudel），[5]他們研究的領域，都是前現代的歷史。

布洛克的研究專長是中古封建歷史。中古封建歷史在十九世紀之前的歷史學甚至是不成立的。封建社會被視為「黑暗時期」，從西元五世紀的後半葉開始，一直到十四世紀，將近有一千年的時間；就算後來將「文藝復興時期」的脈動往前推，往前推到十二世紀，都還有八百年的「黑暗時期」。「黑暗時期」沒有歷史可言，就是教會統治一切，所有人都沒有知識，在封閉的結構底下，千日如一日，千年如一年。那就沒有什麼歷史好講。

布洛克的貢獻在於重新理解什麼叫作「封建社會」，什麼是封建秩序，他在過程中發現了一種新的歷史。過去的人不重視中古的歷史，認為中古幾百年的時間裡都沒有改變，沒有出現任何英雄來創造、推動改變。布洛克卻發現，中古並不是如同想像中那樣完全不變，在這七、八百年間，封建秩序其實有許多轉變，這些轉變怎麼來的？既然中古沒有英雄，封建秩序的改變只能來自於非英雄們。

封建時代的歷史變化

布洛克在他的幾本重要著作中分析了一般人，非英雄的大部分人，由他們之間的彼此互動，塑造了改變的力量。他更進一步地探索：在沒有英雄大人物帶領下，這一些人的日常活動憑什麼就能推動歷史改變？他找到了幾個重要的變動元素，例如財產繼承制很重要，人都會死，人死了之後財產會交給誰、要怎麼交出去？任何一種財產繼承制，一代一代實行下去，都必然會累積變化的動力。

一種方式是「長子繼承制」，只把財產留給眾多小孩中的一個；另外一種是「諸子均分制」，不管有幾個小孩，不一定要每個人都得到一樣多，而是每個人都分到。兩種方法看起來很簡單，但都有連帶的問題。

若採取「長子繼承制」，那其他兒子怎麼辦？其他兒子就得自己去想辦法，他們無法繼承財產，必須找出另外一種身分，創造另外一種位置來。如果「諸子均分」，每一個人都分得到，那麼每一個人就都只能分到中間的一小塊，所以每個兒子都比爸爸窮，愈往下財產分得愈細，每個子孫就愈窮。後一代不會照樣維持前一代的結構，制度看起來一樣，但執行制度的結果卻會帶來變化。完全不牽涉英雄、大人物，社會還是會改變。

再舉個例子來看技術突破帶來的變化。假想牛車的輪子，從原來的八吋大，因為鞣木頭技術的改變，或是因為懂得了在輪子外面箍一圈鐵片，變成一呎大。那麼牛車能走的距離連帶增加了，於是生產與交換的範圍也就連帶擴大了，因而，傳遞技術的管道就連帶改變了。本來因為我的牛車車輪走不遠，到得了的範圍就那麼大，五十里以外的地方發生什麼事情，我永遠不會知道。牛車的輪子變大了，五十里外有人發明了一種新的水車，磨麥子的方法，本來我不會知道的，現在就變得有機會傳入我所在的村落，讓我們也能運用水車來磨麥子了。

再例如說，布洛克還和費夫賀一起架構起對地理變化的探索。地理從來不改變嗎？地理變得可多了。一場巨大的雪崩就可以徹底改變一個城鎮，一場大雷雨就可能毀掉一個莊園一年的收成。面對這些變化，莊園的人如果要活下去，勢必要遷走，不然就要改變原有的生產型態。

布洛克他們因為研究中古歷史，不可能繼續相信人類歷史的變化源自於少數英雄人物，除了英雄以外，有更根本的變化力量。這群法國歷史學家的新態度，就從法國逐漸蔓延到其他地方。

發掘庶民文化的活力

他們感染了英國的一群左翼史學家，這些英國的歷史學家原本學馬克思主義，於是就將馬克思主義的想法，和「年鑑學派」的歷史研究態度結合在一起，進一步主張：不只是從中古到現代前期，大人物沒有扮演什麼了不起的角色，即使一直到了十八世紀，大人物都不是真正推動歷史的力量。真正推動歷史的力量，馬克思早就說了是階級、是階級鬥爭。現在他們可以用「年鑑學派」的史學方法論，一方面擴增階級鬥爭以外的集體變數，另一方面細膩地去分析不同階級的集體力量究竟如何推動了歷史改變。

例如湯普森（E. P. Thompson），[6]他信奉馬克思主義，卻不將馬克思主義當成教條、當成標準答案。教條的馬克思主義主張，人類的歷史會從資本主義時代走入社會主義時代，然後再走到共產主義。資本主義是一個終究要被打倒的時期，但為什麼要打倒資本主義，資本主義有多壞、怎麼壞？湯普森他不以馬克思主義的理論教條為滿足，而是從史料上去進行整理：在資本主義興起之前，有沒有工人階級？資本主義又如何破壞、改造了原來的英國工人階級？他要用史料來證明：資本主義介入、摧毀了原來的工匠技藝（craftsmanship）、工匠階級或工匠生活，他們的理想、他們的風俗習慣都被破壞了。湯普森用史料證明了：在資本主義發展之前，英國的工人過著一種在文化上、在意識上更豐富的生活。

這裡躍動著新的知識傾向，要將關心人類事務的視角，向下調整。由少數的英雄、少數的政治人物、少數的上層階級身上拉開，去觀察群眾、尊重群眾所塑造，過去一度被視為落後、破爛、不值得保留的庶民文化（folk-culture）。

大傳統與小傳統

《百年孤寂》出版前後，西方已經有這樣的巨大改變衝動進行著，正在重新認識「小傳統」（Little Tradition）。「小傳統」本來是人類學的用語，最早是雷德菲爾德（Robert Redfield）[7]提出的，後來被很多不同學科援用。文化中有「大傳統」（Great Tradition）和「小傳統」，「大傳統」是顯性的文化，是經過正式知識權力管道整理的文化內容。每一個社會都會有其主流的、被認可的，被視為比較高等的文化。這一種文化比較容易被記錄、傳承下來，成為教育的主要內涵。

過去我們看歷史或觀察文化時，往往就只觀察這條軸線上的「大傳統」。然而，一個社會不會只有「大傳統」，與大傳統同時並存，經常和「大傳統」發生複雜互動關係的，還有一種被「大傳統」壓抑、鄙視，進而排擠、消滅的「小傳統」。「小傳統」被「大傳統」視為不入流，但卻是大部分人生活賴以進行下去的真實價值與信念所在。

以前我們只看「大傳統」，只看有頭有臉的人，只看這些人的生活、所思所想，那麼我們所認識的歷史、文化，就不會是全面的，而且往往都是扭曲的。如何擺脫「大傳統」建構的刻板印象，重新去認識一個時代，重新去認識一個社會？這就成了二十世紀下半葉的思想動力。從五〇年代後期一直走到八〇、九〇年代，西方知識界在這個力量的驅使之下，累積了許多豐厚的成就。

從這個背景脈絡來看《百年孤寂》，又有另外一層意義。西方的「大傳統」從十八世紀以來，是科學與理性化的傳統，兩、三百年之中，定出了一條標準告訴我們什麼是好的文化，什麼是壞的文化，什麼值得被記錄、被保留，什麼應該被淘汰。這個標準的核心在於：符合邏輯實證，可以在解釋範圍內的才是對的，才是好的。那種不能夠被證明，不能被理性檢驗的，都是遲早應該被淘汰的東西。這是一個強悍的「大傳統」標準、一個「大傳統」霸權。

《百年孤寂》從頭到尾建立在一個科學無法證明，甚至是科學無法置喙的預言上，以及一堆沒有辦法在現實中被檢驗的紀錄上。可是當我們透過賈西亞・馬奎斯之筆看到這些紀錄、這些生命，卻無法否認：這是真實的生命。它不是寫實的生命，卻是現實的、真實的生命。所以賈西亞・馬奎斯和那些強調重新認識「小傳統」的人站在一起對我們提出提醒，甚至警告：被西方理性、科學這條主流排斥，認為沒有價值的東西，真的就沒有價值嗎？

或許這些事物在理性眼中沒有價值，可是對於大部分人的生命卻是有意義的。我們該如何看待這種意義？例如說，相信世界不是由科學因果律控制，而是由一個更高的、超越的命運所決定的，這個概念當然和科學牴觸，但這概念卻伏藏在絕大部分人的生命根源處，是他們真正賴以理解什麼是時間、什麼是人、什麼是生命的依據。

拒絕統一的社會視野

在這個世界上，今天的六十億人口中，或許有幾億人宣稱自己相信，並真的能理解科學理性與邏輯因果；相對地，超過百分之八十以上的人，以不同程度、不同方式，活在非科學的信念中。面對這樣的事實，我們可以有一種態度——我仍然認為這是合理的一種態度——站在科學這一邊，主張科學與其他非科學知識是處於不同的位階上，科學比其他的都高；主張人一旦真正理解了科學，就會放棄非科學的其他知識信仰。然而我們還是必須嚴肅地看待別人的質疑：這樣的科學理性信念真的如此牢靠嗎？其他那麼多人實際賴以生存的、以實際生命保存著的非科學「小傳統」真的就沒有意義，只不過是人類走向全面科學時代過程中，注定要被淘汰的糟粕嗎？

每一個社會，尤其是愈現代的社會，都必定有一個逃躲不掉的需求——如何安排眾人的共同生活？為什麼科學理性到了後來，會變成最巨大的霸權？因為要讓眾人共同生活，科學理性的安排是最方便的。簡單舉例，要把每一個人的時間整合起來，每個人可以不混亂地在晚上七點半一起來上課，就需要一定的理性安排。科學理性靠著社會需求的支撐，所以會很龐大，然後從本身的龐大結構中產生許多其他的東西，例如會產生改造、占用其他文化內容的一套機制。所以我們最常看到的，就是原本「小傳統」中的東西，被科學納入解釋範圍，予以改造、收編了。

我只有小小的願望，期待稍微抑制一下科學理性巨大的統合衝動，不要將我們每一個人的時間，將我們的感受與想法，全都統合了。不要忽略這巨大的統合衝動帶來的破壞，因為如果每個人行為都一樣、想法都一樣、感受都一樣，社會生活就很好安排，甚至也許我們每一個人也都會因此過得舒服，我們真的變成一個個齒輪，被別人帶著走，不需要自己傷腦筋了。但我還是相信這是應該被抗拒的。為什麼要讀文學，為什麼必須一直去讀在人類歷史發展中發揮過影響的這些重要著作？因為這些著作提供了可以衝擊統一社會視野的重要資源，憑藉這些資源，我們得以一直提醒自己：我一定要這樣想，我一定要這樣感受嗎？

說不清楚的動人力量

賈西亞．馬奎斯用他的小說，讓我們不敢輕易地斷言非科學的生活信仰都是沒有意義的胡說八道。如果只是沒有意義的胡說八道，那麼頂多讀到第三十頁，你就應該會將《百年孤寂》丟開了。這本書及其非理性內容有價值，可以直接由閱讀效果證明，儘管讀者沒有辦法用清楚明白的邏輯因果關係、科學理性，去解釋小說裡面到底講了什麼，但不可被科學理性解釋的內容，卻讓人感動。

《百年孤寂》至少點出了一件事：存在於「小傳統」裡的許多信念，是有效的，即使對我們這些已經活在強大科學理性傳統中的人，都是有效的。它觸動了我們內心什麼部分？挑起什麼樣的問題疑惑？它讓我們不得不承認：有一種和現在一般認定最基本的科學理性完全不同的人的情感文化存在，這些人的情感文化藏在被科學理性逼到黑暗角落的一些「小傳統」信仰生活中。我們要不要去和這些潛藏的人類經驗，進行某種情感對話？賈西亞．馬奎斯在召喚你、邀請你。

從這個角度看，那麼《百年孤寂》又不是一本悲觀的書了，這本書自有其非常積極正面的內涵，所以讀到最後，很少有人讀完《百年孤寂》時感到心情低鬱。它並不像杜斯妥也夫斯基的《地下室手記》或卡繆的《異鄉人》，那麼陰暗，讓人愈讀心情愈沉重。《百年孤寂》讓人讀著讀著感到有趣（amused）。

在形式上，這是一本悲觀的書，在形式上對拉丁美洲的讀者說：你們不要再癡心妄想以為命運會有什麼改變。然而實質朝向悲觀結論的過程中，它卻塑造了一種對於預言，對超越力量信仰，對於民俗「小傳統」的尊重，呈現了這些東西具備生命實存價值的一面。這種信念中，自有其迫誘我們應該予以尊敬的力量。或許說不清楚，也不需要說清楚，從這種信念出發去看世界的眼光中，有幽微的感受會打動我們。正因為我們被打動了，自然就不能輕忽它，就不能不尊重它，否則不就等於輕忽、不尊重自己的感情了嗎？

如果你被這本小說打動了，你知道它不是以寫實的方式打動你的，而是用充滿非理性信仰的細節打動你，你就必須尊重自己被打動、被感動的事實，從這個事實出發，去尊重藏在這裡面那些神祕、說不清楚，也只有不說清楚才能維持其力量的東西。如此就幫我們打開一條路，找到一種不斷去搜尋、試驗、探索的方式。

文學不提供標準答案

以《百年孤寂》作為開端，你可以回頭去讀波赫士，去讀富恩特斯，去讀尤薩，看看這些不同的魔幻寫實作品，有哪一些會吸引你，又有哪些與你無緣，無法激起你的情感呼應。藉由《百年孤寂》開始，我們這樣去試，試到後來或許你就找到了那神祕的成分，雖然你還是一樣講不清楚，但你心裡明白：自己內在對某一種不能夠明白地訴說的人間經驗、宇宙現象，是可以有感應的。重點在於一種生命感應的可能性。

科學理性是霸道的，會一直不斷擴張，試圖占滿生命的全幅。在科學理性擴張的過程當中，其實會留下許多空隙，只是現代人遇到這些空隙時，往往缺乏其他資源來予以填補。

科學理性的基本模式，是提供唯一真確的標準答案。但人的生命中，卻必定有些不能由標準答案來滿足的部分。當遭遇到了科學理性無法提供標準答案的領域，當那樣的空隙浮現時，我們卻往往有著制約的反應——到別的地方去找標準答案。去找算命，去找占星學，去找這個宗教或那個宗教，這些方式都是「標準答案式」的，試圖在這裡面找到科學理性提供不了的其他標準答案。

像《百年孤寂》這樣的傑出文學作品，最高的價值就在：它是抗拒標準答案的。好的文學作品一直在測探，甚至在挑動、在開發你內在不能、也不應該由標準答案來滿足的那些部分。一個信奉基督教三十年的教徒，可能在讀了《百年孤寂》，接觸了「解放神學」，突然有一天，重讀《聖經》時發現：《聖經》怎麼如此「魔幻寫實」呢？這就對了。這就表示說文學已經改造你如何經驗文本與經驗現實世界的方式，讓你不再以「標準答案式」的眼光，看待《聖經》。

多少年來多少人努力要將《聖經》詮釋為一套標準答案：這句話是什麼意思、這件事代表什麼、耶穌基督為什麼講這句話，好像都是固定的。但文學讓我們重新去懷疑，讓我們重新看見所有答案中不確定的性質，看見寫實中伴隨的魔幻性，以及所有的魔幻現象中的寫實性。有一天，改由文學經驗帶來的「文學之眼」，將過去視為宗教真理答案的《聖經》讀成「魔幻寫實」，豈不過癮？

不只《聖經》看起來很「魔幻寫實」，很多事情、很多現象，都可能在《百年孤寂》的光暈感染下，顯現其「魔幻寫實」的一面。

嚴謹周密的小說世界

賈西亞．馬奎斯建構他的「魔幻寫實」時，盡可能使用簡潔的語言，愈是誇張的情節，愈是少用形容詞；另外，愈是誇張的現象，愈是深入描寫其細節，因為細節是讓人相信事物存在的重要手段。為什麼《哈利波特》那麼迷人？為什麼《魔戒》那麼令人著迷？因為它們在建構其實並不存在的時空時，都想盡辦法將那個時空中的種種想像細節鋪陳開來。

每一個人都聽過巫婆騎掃帚的故事，我們知道的就只是巫婆會騎掃帚在空中飛，然而《哈利波特》裡卻告訴我們：騎掃帚原來還要練習，像我們騎腳踏車一樣，學習過程搞不好會跌倒，就算學會了，也有的人騎得快一點，有的人騎不了那麼快，有的人技術好，有的人技術就差一點。我們知道的，就不只是：「啊，這些人統統都騎掃帚！」而已。這些關於騎掃帚的細節，引領我們進入那個情境裡，感覺到在他們中間分享了他們的經驗，讓我們變成巫術的一部分。

《百年孤寂》是賈西亞．馬奎斯費了十年工夫才寫成的，這時間花得有道理，最後完成的書稿，幾乎沒有loose ends。什麼叫作loose ends？就是這邊提到了誰，後來沒交代就讓他消失了；那邊講了一件什麼事情，沒頭沒尾或有頭沒尾，不曉得這件事為何出現在小說裡。

小說寫這麼長，有這麼多人物，你們能找到沒交代的地方有多少？我自己閱讀中印象最深刻的疑惑，是易家蘭去找兒子的那一段。她的兒子跟著馬戲班走了，為了找兒子結果她發現了一條路。小說中沒有解釋，在那過程中，易家蘭到底經驗了什麼，又為什麼能找到那條路？

不過這是極少數的例外。許多細微的情節與人物安排，賈西亞．馬奎斯都在小說中找到方法把它們綁回來、牢牢綁起來。我們應該從這個角度去欣賞一個小說家面對自己所虛構出的世界時，如此嚴格謹慎，不會因為那是虛構的，就高興怎樣擺弄就怎樣擺弄。能夠對這個虛構的世界作出愈周密的交代，就愈能夠說服讀者跟隨作者走進這世界裡，這是一種「虛構的紀律」。

賈西亞．馬奎斯虛構的想像如此天馬行空，但伴隨的自我紀律要求卻又如此嚴格細密，才成就了《百年孤寂》這樣一部能夠讓人反覆閱讀、挖掘的經典名作。

1 卡萊爾　一七九五年十二月四日—一八八一年二月五日。英國維多利亞時代的蘇格蘭作家、歷史學家，代表作品包括：《英雄與英雄崇拜》、《法國大革命》（*The French Revolution*）、《過去與現在》（*Past and Present*）。《英雄與英雄崇拜》是卡萊爾於一八四〇年的六場演講內容，整理而成的著作，書的內容也就分為六講：「作為神明的英雄」、「作為先知的英雄」、「作為詩人的英雄」、「作為教士的英雄」、「作為文人的英雄」與「作為王者的英雄」。

2 年鑑學派　二十世紀的重要史學流派，名稱來自法國的史學期刊《年鑑》（*Annales d'histoire économique et sociale*），強調地理與物質等因素對歷史的影響。

3 布洛克　一八八六年七月六日—一九四四年六月十六日。法國歷史學者，一九二九年與費夫賀共同創辦歷史學術刊物《年鑑》，開創年鑑學派。代表著作為：《史家的技藝》（*Apologie pour l'histoire ou métier d'historien*），遠流出版；《封建社會》（*La Société féodale*），桂冠出版；《奇怪的戰敗》（*L'Étrange Défaite*），五南出版。

4 費夫賀　一八七八年七月二十二日—一九五六年九月十一日。法國歷史學者，與布洛克同為年鑑學派的開創者。目前已中譯的著作僅有與馬爾坦（Henri-Jean Martin）合著的《印刷書的誕生》（*L'Apparition du livre*），貓頭鷹出版。

5 布勞岱爾　一九〇二年八月二十四日—一九八五年十一月二十七日。法國歷史學者，年鑑學派第二代的代表人物之一。主要著作為：《地中海史》（*La Méditerranée et le Monde Méditerranéen a l'époque de Philippe II*），全二卷，台灣商務出版；《十五至十八世紀的物質文明、經濟和資本主義》（*Civilisation matérielle, économie et capitalisme, XVe-XVIIIe siècle*），全三卷，左岸出版。

6 湯普森　一九二四年二月三日—一九九三年八月二十八日。二十世紀英國左翼史家，代表著作為：《英國工人階級的形成》（*The Making of the English Working Class*），麥田出版。

7 雷德菲爾德　一八九七年十二月四日－一九五八年十月十六日。美國人類學家，他在一九五六年出版的《農民社會與文化》（*Peasant Society and Culture*）一書中，提出了「大傳統」與「小傳統」對舉的兩個概念，用以解釋農民社會中兩種不同的文化傳統。

賈西亞·馬奎斯年表

一九二七年　三月六日，賈西亞·馬奎斯出生於哥倫比亞加勒比海沿岸的外祖父母的家中。

一九四七年　就讀國立波哥大大學法學系。

一九四八年　發生「波哥大事件」，蓋坦遭到刺殺，賈西亞·馬奎斯的小說手稿被燒毀。哥倫比亞國立大學關閉，賈西亞·馬奎斯離開波哥大，試圖創作第一部長篇小說《家》，未能完成。

一九五二年　賈西亞·馬奎斯讀海明威的《老人與海》。

一九五三年　賈西亞·馬奎斯重返波哥大，任職於《觀察家報》。

一九五五年　《枯枝敗葉》在波哥大出版。賈西亞·馬奎斯被《觀察家報》派駐歐洲。

一九五八年　賈西亞·馬奎斯與妻子梅賽德斯結婚。

一九六一年　小說《沒人寫信給上校》出版。
一九六五年　開始創作《百年孤寂》。
一九六七年　《百年孤寂》出版，引起轟動。
一九六九年　《百年孤寂》獲得法國最佳外國小說獎。
一九七五年　小說《獨裁者的秋天》出版。
一九八一年　小說《預知死亡紀事》出版。
一九八二年　獲頒諾貝爾文學獎。
一九八五年　小說《愛在瘟疫蔓延時》出版。
一九八九年　小說《迷宮中的將軍》出版。
一九九二年　短篇小說集《異鄉客》出版。
二〇〇二年　回憶錄《倖存者言》出版。
二〇〇四年　小說《憶我憂傷娼婦》出版。

延伸閱讀書目

賈西亞．馬奎斯作品

García Márquez著，宋碧雲譯，《一百年的孤寂》。台北：遠景。

García Márquez著，楊耐冬譯，《百年孤寂》。台北：志文。

García Márquez著，楊耐冬譯，《馬奎斯小說傑作集》。台北：志文。

García Márquez著，宋碧雲譯，《異鄉客》。台北：時報。

García Márquez著，尹承東、蔣宗曹、申寶樓譯，《迷宮中的將軍》。台北：允晨。

García Márquez著，姜鳳光、蔣宗曹譯，《愛在瘟疫蔓延時》。台北：允晨。

賈西亞．馬奎斯傳記

Gerald Martin著，陳靜妍譯，《馬奎斯的一生》。台北：聯經。

Dasso Saldivar著，卞雙成、胡真才譯，《回歸本源：賈西亞．馬奎斯傳》。台北：遠景。

賈西亞．馬奎斯與《百年孤寂》研究

毛蓓雯，《馬奎斯三部小說中愛與死之分析》。輔仁大學西班牙語文研究所碩士論文，畢業年度：七十六學年度。

邱紫穎，《宿寂：評馬奎斯百年孤寂》。淡江大學西洋語文研究所碩士論文，畢業年度：七十九學年度。

吳嘉華，《「百年孤寂」四中譯本之名詞翻譯探討》。靜宜大學西班牙語文學系研究所碩士論文，畢業年度：九十一學年度。

王慧儒，《「百年孤寂」中的情慾與禁忌》。靜宜大學西班牙語文學系研究所碩士論文，畢業年度：九十二學年度。

賴韻筑，《從榮格理論談「百年孤寂」中「夢」與「上帝」的象徵》。靜宜大學西班牙語文學系研究所碩士論文，畢業年度：九十二學年度。

陳雅婷，《賈西亞．馬奎斯「百年孤寂」中的死亡密碼分析》。靜宜大學西班牙語文學系研究所碩士論文，畢業年度：九十七學年度。

拉丁美洲其他作家作品

卡洛斯．富恩特斯，《鷹的王座》。台北：允晨。
巴爾薩斯．尤薩，《天堂在另一個街角》。台北：聯經。
巴爾薩斯．尤薩，《城市與狗》。台北：聯經。
巴爾薩斯．尤薩，《公羊的盛宴》。台北：聯經。
伊莎貝．阿言德，《天鷹與神豹的回憶首部曲：怪獸之城》。台北：聯經。
伊莎貝．阿言德，《天鷹與神豹的回憶二部曲：金龍王國》。台北：聯經。
伊莎貝．阿言德，《天鷹與神豹的回憶三部曲：矮人森林》。台北：聯經。
波赫士，《波赫士談詩論藝》。台北：時報。
波赫士，《波赫士全集》。台北：台灣商務。

活著是爲了說故事──楊照談馬奎斯 百年孤寂

作　　者──楊照
責任編輯──王曉瑩

發 行 人──蘇拾平
總 編 輯──蘇拾平
編 輯 部──王曉瑩
行 銷 部──陳詩婷、曾曉玲、曾志傑、蔡佳妘
業 務 部──王綬晨、邱紹溢、劉文雅

出 版 社──本事出版
台北市松山區復興北路333號11樓之4
電話：(02) 2718-2001　傳眞：(02)2718-1258
E-mail：andbooks@andbooks.com.tw
發　　行──大雁文化事業股份有限公司
地址：台北市松山區復興北路333號11樓之4
電話：(02)2718-2001
傳眞：(02)2718-1258
書封設計──許晉維
內頁排版──陳瑜安工作室
印　　刷──上晴彩色印刷製版有限公司
● 2018 年 02月二版
● 2022 年 09月三版 1 刷
定價　400元

ISBN 978-626-7074-16-9
ISBN 978-626-7074-17-6（EPUB）

缺頁或破損請寄回更換
歡迎光臨大雁出版基地官網 www.andbooks.com.tw 訂閱電子報並填寫回函卡

國家圖書館出版品預行編目資料

活著是爲了說故事──楊照談馬奎斯 百年孤寂　楊照 / 著
---.三版.-- 臺北市 ； 本事出版　：大雁文化發行，2022 年 09 月
面　；　公分. –
ISBN 978-626-7074-16-9（平裝）
1. CST: 文學評論　2. CST: 文集
812.07　　　　111009583